골목 바이 골목

골목 바이 골목   김종관

그책

목차

프롤로그

프롤로그

좋은 문장이 떠오르고 생각이 논리의 흐름을 타고 커질 때도 있지만, 이야기를 만들고 문장을 구성하는 능력이 내 몸 어디를 뒤적여봐도 흔적도 없이 사라진 기분이 들 때도 있다. 컵을 보고 컵 이상이 생각나지 않고 볼펜을 보고 볼펜 이상이 생각나지 않는다. 며칠을 편안하고 멍청하게 산 끝에 그런 위기가 오면 난 편한 운동화를 신고 걸을 곳을 찾는다. 돈과 시간의 여유가 된다면 조금 더 먼 곳을 찾기도 하지만, 아니라도 가까운 곳을 찾아본다.

내가 주로 산책하는 곳은 작은 골목들이다. 서울에서 가장 천천히 시간이 흐르지만 그럼에도 조금씩 변해가는 장소들. 가지 않았던 곳과 가보았던 곳 전부. 아는 골목이라 하더라도 계절과 시간을 흘려보내며 조금씩 낯선 모습을 보여준다. 가던 길의 다른 시간과 계절에서, 익숙한 길 옆으로 난 샛길을 발견하는 것으로도 낯선 모습을 만날 수 있다. 때문에 산책은 가끔 여행이 된다. 여행은 발견과 자극을 준다. 새로운 자극을 받아들이고 땀을 흘리며 걷노라면 이리저리 흩어졌다 모이는 생각의 흐름을 얻게 된다.

내가 산책하는 조용한 골목 어딘가에서 누군가는 성장을 하고, 살고, 늙는다. 골목을 벗어나 큰길로 접어들며 세상을 넓히는 시절로 떠나는 이들이 있는가 하면, 다시 그 골목으로 돌아와 늙어가는 이들도 있다. 노인들은 어릴 때처럼 자신의 세상을 골목 안으로 축소시킨다. 볕이 드는 자리에 의자를 두고 조용히 앉아 지나가는 산책자를 지켜본다. 노인과 골목을 뒤로하고 산책자인 나는 이 작은 여행에서 더 넓은 항로를 꿈꾼다. 누군가가 성장을 하고, 살고, 늙는 타국 혹은 도시에서 아이와 노인을 만나고 그들을 기억한 채로 나의 골목으로 돌아오는 것을. 가까운 곳에서 낯섦을 찾고 먼 곳에서 익숙함을 찾는 여행을 끝내고 언젠가 내 자리로 돌아온다면 볕이 드는 자리에 책상을 두고 여행에서 가져온 좋은 문장들로 이야기를 만들어볼 것이다.

과
거
로
부
터

가장 재밌는 농담

같이 걸었다. 내가 아는 가장 재밌는 농담을 하고 싶었
다. 아직 어색한 이와의 산책에서 그 농담을 처음 했을
때, 그 농담을 듣던 이는 배를 잡고 굴렀다. 그 농담 이후
우리의 간격은 50센티 정도 더 가까워졌다.

내가 가진 가장 파괴력 있는 농담을 다시 써먹고 싶어졌
다. 그래서 같이 걷는 이에게 그전에 같이 걸었던 이에게
했던 농담을 똑같이 해보았다. 같이 걷던 이는 그럭저럭
웃었다. 내가 아는 가장 재밌는 농담은 그럭저럭한 농담
이 되었다. 그럼에도 더 수시로 농담을 써먹어야겠다고
생각했다. 더욱 더 그럭저럭한 농담이 되도록.

기억의 벽들과 문들

누상동 계곡으로 오르는 조용한 주택가의 정취를 즐기기 위해 사람들은 관광을 시작했다. 거주지와 더불어 카페와 다양한 샵이 생기고 주말이면 사람들이 모여든다. 불투명 유리로 창문을 닫고 화단의 여유마저 잃은 사람들은 주택가 어귀에 나무가 있고 꽃이 피었다는 이유만으로 평범하기 그지없는 그 주택가를 찾는 것이다. 그들의 발길이 흐르는 산책로는 정해져 있고 난 그 흐름을 비껴 다른 골목을 찾는다.

누상동 옆에는 옥인동이 있다. 비탈과 좁은 골목과 낡은 가옥들로 이루어진 옥인동은 도시가스가 들어가지 않는 가난한 동네다. 관광을 다니는 마음으로 그곳을 산책한다면 아마도 이내 미안해질 것이다. 하지만 난 미안한 마음을 품고 가끔 옥인동을 산책한다. 내가 자라던 창신동의 골목들을 닮아 아스라한 친근감 또한 들기 때문이다. 나와 내 가족은 그와 닮은 비좁은 골목, 비좁은 집에서 살았고 리어카만으로 이사를 하며 근처의 달셋방을 전전했다. 옥인동의 가느다란 골목 줄기를 오르며 숨이 차오를 때마다 기억의 벽들과 문들을 마주한다.

이 좁은 골목의 거주자들은 아마도 내 발자국 소리를 들었을 것이다. 나 또한 걷다가 잠깐 숨을 고르는 사이 벽 너머의 기침 소리를 들었다. 비탈을 내려오다 벽 하나를 사이에 두고 트럼펫 소리를 듣기도 했다. 서툰 소리였다. 내가 중학교 때, 내 이웃 중 하나도 트럼펫을 불었다. 그의 얼굴을 본 적은 없었지만 판잣집의 벽 하나를 두고 그의 트럼펫 소리가 들려왔다. 처음에는 소음에 지나지 않았으나, 몇 년쯤 지나서는 벽 하나를 두고 그냥 들려오는 소리가 아닌 지나는 사람의 발길을 잡는 좋은 음악이 되었다.

내가 살던 창신동의 벽과 문들은 몇 년 전 이미 재개발로 흔적조차 지워졌지만 나는 이곳 옥인동에서 잃어버린 길들을 만난다. 저곳에서 어른들 몰래 담배를 물었고, 하굣길 저 시멘트로 뭉쳐진 턱에 앉아 다리를 쉬었고, 솜

씨 좋은 동네형이 저 벽에 날개를 단 남녀의 성기를 그래피티했고, 가장 친한 친구가 저 집에서 누이들과 고양이와 함께 살았다.

옛동네 산책을 마치고 선 자리에 녹슨 철 대문이 있었다. 안에서는 어느 여자의 중얼거리는 소리가 들렸다. 녹슨 철문에 붙은 낡은 십자가 스티커에 눈이 머물 때, 중얼거림이 멈추고 여자는 깊은 한숨이 섞인 아멘을 외쳤다.

도벽

나는 중고등학교 때 약간의 도벽이 있었다. 심했던 예를 들자면 등굣길에 늦잠을 자서 집 근처 가게 앞에 놓인 스쿠터를 훔쳐 타고 학교에 간 적이 있다. 오토바이는 학교 근처에 버렸다. 그 외에는 별 거창한 게 없었고 책이나 학용품, 자전거, 슈퍼마켓의 먹거리 정도. 제일 많이 훔쳤던 것은 아버지의 돈이다. 중학교 1학년 때 우리 가족은 판잣집 단칸방에 살았고 아버지는 노점상을 하셨다. 보통 돗자리 하나에 깔 수 있는 물건들을 팔았고, 파는 물건은 수시로 바뀌었는데 어이없는 물건이 많았다. 가령 종이 봉투를 열면 고무 뱀이 튀어나오는 장난감 같은. 아버지는 집에 오면 전 재산을 장판 밑에 깔아두고 주무셨다. 대략 오십만원을 넘지 않았다. 버스비 외에 용돈이 없었던 나는 아버지 돈을 일이만원씩 훔쳤다. 어머니는

류마티스 관절염이 심해져서 아무 일도 할 수 없었고, 아버지의 전 재산은 우리 집의 전 재산이었다. 가끔씩 빠지는 몇 만원에도 아버지는 고민이 많았을 것이다. 한번은 내 책가방을 뒤졌다. 그리고 돈이 나오지 않자 내 얼굴을 한참 보고는 아무 말 하지 않았다. 그 후에 아버지는 돈 숨기는 곳을 바꿨지만 난 아버지의 돈에 종종 손을 댔다. 우리 집 재산이 몇 만원 안 되는 것을 보았을 때 그제야 난 훔치는 것을 그만뒀다.

고등학교 시절을 지나면서 자연스레 훔치고 싶다는 욕구는 없어졌다. 지나서 생각해보면 무엇인가를 창작한다는 일에 욕심을 가진 이후 슬며시 자리 잡은 창작자의 자존감이 소유에 대한 다른 방식을 만들어주었던 것 같다. 하지만 여전히 내가 가지지 못한 것에 대해 가지는 상상을 한다. 그 공상들은 창작의 줄기가 된다.

길 위의 시간

얼마 전 공사가 한창인 창경궁 돌담길을 걸었다. 안내판
에 종묘와 창경궁을 잇고 지하차도가 생기는 도로 구조
개선 공사를 한다고 써 있었다. 율곡로와 원남사거리를
끼고 길게 뻗어 있는 창경궁 돌담길은 꽤 오랜 시간 동안
내가 오갔던 길이다. 몇 년 전 고가를 철거하는 큰 공사
가 있기는 했었지만 플라타너스 가로수와 돌담길은 오
랜 시간 큰 변화 없이 있었다. 하지만 앞으로 얼마 지나
지 않아 지하차도가 생기고 창경궁과 종묘가 이어지면
그 돌담길은 사라진다.

돌담길은 원서동, 운니동, 와룡동, 권농동, 원남동, 연건
동, 명륜동 등 많은 동네를 곁에 두고 있다. 창신동에 집
이 있고 계동에 위치한 중고등학교를 나온 나는 그 돌담

길을 지나며 통학을 했다. 중학교 때는 버스를 타고 차창 풍경으로 돌담길을 보며 지났고 고등학교 때는 돌담과 플라타너스 사이로 난 인도에서 자전거 페달을 밟았다. 이십대에는 그 돌담길을 걸어 지나간 기억이 많다. 그때는 집이 이문동에 있었지만 종로나 안국동에서 술을 많이 마셨었고 원서동에서부터 그 돌담을 따라 한참 걷다가 연건동의 서울대학병원 언덕을 넘어 대학로 마로니에 공원 앞에서 버스를 타고 이문동에 있는 집으로 가곤 했다. 무수한 계절과 시간을 반복해 걸었다. 그 길에 많은 고민이 함께했었지만 그 길을 걸어 지나는 것을 즐겼다.

원서동의 오래된 볼링장과 크로케(croquet)를 하는 노인들이 있는 공원을 지나고 고궁을 끼고 플라타너스 노목이 우거진 공원을 지난다. 벤치는 많은 노숙자들의 것이지만 짙은 그늘에 둘러싸인 아름다운 공원이다. 창경궁과 종묘를 이어주는 육교 아래를 지날 때면 축축한 기둥에서 오래된 먼지 냄새가 났다. 그 밑에 잠시 서서 그 냄새를 맡는 것을 즐겼다. 가을이면 마른 플라타너스 이파리를 발로 찼고 서울대병원 언덕에 앉아 해질녘 시계

탑을 보던 기억도 난다. 돌담길을 느리게 걸으며 술에서 깨려 했고 무수한 생각들을 정리해 나갔다. 대체로 슬픈 생각들이었다.

좋은 시절도 있었다. 오랜 시간 혼자 걸었던 길을 누구와 같이 걸었고 그 길 끝에 기대어 서로 사진을 찍어주기도 했다. 벤치에 같이 앉았고 서로의 고민을 나누었다. 고등학교 때처럼 자전거를 같이 타기도 했다. 그러다 다시 뜸한 길이 되었고 시간이 한참 흘러서야 다시 혼자 지나는 길이 되었다.

서른이 넘어 그 길을 걸었을 땐 그 돌담길이 구질구질하게 느껴지기도 했다. 내 서툴고 무력한 청춘의 못난 그림자가 돌담을 따라오는 것 같았다. 그럼에도 걷는 시간이 필요한 나는 그 길을 다시 걸었다. 생각들…… 생각들이 함께할 길이 필요했으므로. 오래된 볼링장을 지나고 육교 아래에서 먼지 냄새를 맡고 고궁 사이를 시끄럽게 지나는 차들의 소리를 들으면서 다시 생각을 했다. 안타깝지만 그때도 애처로운 생각들에 감싸인 채로 걸었다. 무엇을 만들거나 내일을 준비하는 생각이 아닌 이상하리

만큼 근심들이 많았던 슬픈 길이었다.

지금은 대체로 버스를 타고 돌담길을 지나간다. 가끔 차창 너머에 시선이 갈 때가 있고, 그 너머의 풍경을 보고 있노라면 어느 한 시절의 고단함이 풍경과 함께 스쳐간다. 괴로웠던 때가 떠오르지만 굳이 그 슬픔에서 눈을 돌리지 않는다. 기쁨이 생각나는 장소와 마찬가지로 슬픔이 떠오르는 장소도 있기 마련이고 지나간 슬픔도 소중함으로, 또 그 슬픈 길의 벽과 벽 사이 또한 머지않은 시간 내에 쓰러지고 메워지며 이어질 것임으로.

결
으
로
부
터

jazz bar 一日

누하동에는 내가 혼자서도 갈 만한 술집이 하나 있다. 내 남루한 음악 취향과는 다르지만 듣기 좋은 재즈 넘버의 음악들이 항상 흐르고, 벽 한 면이 완전한 창이라 누하동의 한적한 가로수길이 한눈에 보이는 2층에 위치한 바(bar)다. 거리에서 봐도 온기가 있고 매력이 있지만 어린 사람들은 공간의 기세에 눌려 잘 들어오지 않는다. 창가에 앉아 거리를 내려다보고 있으면 동생뻘 되는 젊은 사장님이 옆에 앉아 동네 정세를 이야기해준다. 길 건너 국숫집 주인이 건물주랑 어떻게 싸워 가게를 내놓게 됐는지, 길고양이가 어미를 언제 잃었는지, 피자 배달 하는 친구 행동거지가 어떤지, 누하동 어느 건물 아들이 무슨 사고를 쳤는지 등등. 그렇게 창가에 앉아 가로수에 벚꽃이 피고, 낙엽이 지고, 비가 내리고, 눈이 내리는 거리를

32

봐왔다. 종종걸음으로 골목 끝을 향하는 많은 사람들을 지났고 가끔은 누군가 자신들의 사연을 들킨다.

예를 하나 들자면 추운 거리를 휘청이며 걷는 두 남자와 한 여자를 본 적이 있다. 그들 사이에 차갑고 어색한 공기가 있었다. 한 남자의 표정이 눈에 들어왔다. 더벅머리에 몸집보다 조금 큰 점퍼를 입은 남자였고 편치 않은 마음을 드러내려는 것처럼 얼굴이 일그러져 있었다. 셋이 지나고 한참 빈 거리만 내려다보고 있었다. 잠시 후 빈 거리로 여자가 돌아왔다. 그리고 내가 앉은 곳에서 창밖으로 내려다보이는 가로수 그림자 안에 서서 추위에 몸을 웅크렸다. 그리고 10분 정도 있었을까. 일행 중의 한 남자가 돌아왔다. 일그러진 얼굴의 남자만 보이지 않았다. 둘은 무표정하게 서로의 얼굴을 보더니 돌아온 길의 반대편으로 걸어갔다. 춥지만 둘은 느릿하게 걸었다. 다시 빈 거리가 남았고 새끼고양이가 종종걸음으로 거리를 건넜다. 쓰레기차가 지나가고 신문을 가득 실은 트럭이 서고 남자들 몇 명이 배달소에서 나와 부지런히 신문 뭉치를 옮겼다. 나는 밖으로 나와 집으로 가기 위해

조용한 자하문로 밤거리를 걸었다. 자정이 넘은 시간이라 아무도 보이지 않는 거리였지만 문득 주변의 검은 창들에 시선이 갔다. 무수히 많은 검은 눈들에 어깨가 움츠려졌다.

의자가 떠난 자리

동네에서 가장 먼저 여는 카페는 스타벅스다. 나는 작업에 있어 아침 능률이 좋은 사람이기 때문에 눈이 떠지는 대로 씻고 스타벅스로 나가고는 했다. 수년간 스타벅스의 소파 한자리에서 글을 썼다. 글작업의 가장 큰 슬럼프는 다른 이유가 아닌 그 소파에서 왔다. 어느 날 옛날 소파가 사라지고 다른 소파가 놓여 있었다. 나는 원래의 소파에 몸을 푹 파묻고 무릎 위에 노트북을 올려놓고 오전의 몇 시간을 작업해왔다. 하지만 새로운 소파는 쿠션감이 전보다 단단해지고 몸이 포개어지는 각도가 달라 무릎 위에 노트북을 올려놓는 것을 어색하게 했다. 며칠간 새로운 소파에 몸을 적응시키기 위해 노력했지만 원하는 대로 되지 않았다. 결국은 다른 자리를 잡았고 글에 집중하기까지 오랜 시간이 걸렸다. 익숙한 것이 없어지는 것은 언제나 아쉬운 일이다.

누하동 一日에도 몇 번의 변화가 있었다. 옆에서 말을 걸어주던 젊은 사장님은 몇 년 동안 고여 있던 이 한적한 동네를 떠나 베를린으로 갔다. 주인이 바뀌었지만 그래도 가게는 그대로 남아 잠시 쉬고 들르게 해주었다. 동네 정세와 잡다한 이야기를 나누던 동생은 떠났지만 상냥하고 과묵한 새로운 매니저가 자리를 대신했다. 그 창, 같은 자리에 앉아 계절이 바뀌는 것을 다시 보았다. 하지만 아쉬운 변화가 한 번 더 있었다. 내가 매일 앉던 자리의 의자 등받이가 없어진 일이다. 협소한 공간 탓에 항상 등받이 의자에 사람들 몸이 부딪히고는 했었는데, 그 일 때문인지 과감하게 등받이를 절단하고 심플한 의자로 바꿔놓았다. 어쩔 수 없는 일이지만 나에게는 매우 허전한 사건이었다. 그리고 또 몇 번의 계절이 지나 매니저가 바뀌게 되었다. 날 반겨주던 매니저 또한 이곳에서 고여 있던 시기를 지나 사업 때문에 중국으로 떠나기로 했다는 결심을 들려주었다. 좋았던 시간들, 편안함이 묻어 있던 시간들이 잠시 사이 머무르고 지나는 것이 보이는 듯했다. 또 적응을 해가겠지만 날 편하게 해주었던 의자의 외형이 바뀌었고 나에게 친절하던 두 사람이 자리를 비웠다. 쉽게 변할 것 같지 않았고, 어제와 같은 모습으로 오늘도 있었고 그대로의 내일이 있던 장소가 어느덧 그 시기를 지난 것이다. 그래도 이 조용한 바는 아직도 있다. 내가 좋아하게 된 그림 한 점이 이 바의 한편에 붙어 풍경의 일부가 된 것에 감사한다. 저 그림이 자리를 비우기 전까지는 또 그럭저럭 이 바를 즐기며 지낼 수 있기를.

사직타운

사직동은 산책하기 좋은 길이 많다. 사직동 주민센터에서 배화여대로 가는 길목에서 시작하는 것도 괜찮은 방법이다. 비탈길을 조금 걸어 올라가면 사직단을 따라 덩치 큰 황철나무 몇 그루가 보이고 그 너머 매동초등학교가 있다. 초등학교까지 올라가지 않고 종로도서관이 보이는 왼쪽 길로 올라간다. 그 전 시간이 넉넉하다면 사직동 아파트 옆 '커피한잔'이라는 카페로 들어가 숯으로 배전한 커피 한 잔을 마시고 시작해도 좋고, 그 옆 '사직동 그 가게'에서 따뜻한 짜이 한 잔을 마시고 시작해도 좋다. 봄에 사직공원을 따라 걷다 보면 숲 사이로 체육대회를 위해 피구 연습 중인 여대생들의 재잘거리는 소리가 들린다. 놀이터를 돌아 인왕산길로 접어들어 다시 비탈을 내려오면 단군성전이 있다. 안으로 들어가면 단군

의 초상을 볼 수 있다. 성전 앞에 서면 빨간 벽돌의 예스 런 모텔 하나가 보인다. 모텔 길을 옆에 끼고 다시 길을 오르면 수도교회의 하얀 첨탑 너머 도시의 전망을 즐길 수도 있다. 그곳에서 운 좋게 길을 찾기만 한다면 분주하 게 차량들이 드나드는 사직터널 위, 가파른 절벽 사이에 난 작은 인도를 발견할 수도 있을 것이다. 도로를 건너는 그 조그만 다리 위를 걷고 있자면 작은 숲길 같아서 에코 브릿지를 이용하는 야생동물이 된 기분이다. 사직터널 을 넘어가면 송월동의 오래된 골목들이 나온다. 골목이 흘러가는 방향 어디로 가도 상관없이 느리고 조용한 시 간을 가진 길들을 만날 수 있다. 예전에는 사직터널을 넘 어 나와 있는 담벼락에 '사직타운'이라는 안내판이 있었 다. 그 안내판 앞에 벽 사이로 난 조그만 계단이 있다. 언 뜻 안으로 들어가는 것 같지만 입구로 들어가면 다른 길 로 올라갈 수 있는 몇 개의 계단이 있다. 계단을 오르면 사직'타운'이라는 이름 그대로 작은 동네가 낯선 모습을 하고 있다. 회중시계를 든 토끼가 길을 안내하지는 않는 다. 오래된 빌라뿐인 동네에 인적은 드물고, 골목 어귀에 놓인 평상에 가끔 쉬는 노인들이 보일 뿐이다.

조용한 동네지만 언젠가부터, 약간 먼 곳으로부터, 땅을 뒤적거리는 기계들의 소음이 들린다. 소음이 있는 쪽으로 언덕을 넘으면 한창 재개발 중인 송월동이 보인다. 언덕 아래를 보고 있노라면 넓고 누런 땅들이 먼지를 일으키며 소란스럽게 이쪽으로 달려오는 것 같다.

벽들의 세계

몇 년 전까지만 하더라도 통의동은 주민들의 길이고, 번잡한 큰길을 피해 조용히 지날 수 있는 샛길이었다. 골목들 입구 즈음 갤러리들이 몇 개 있고 카페가 한두 개 있었지만 관광객들의 길은 아니었다. 큰길에서 접어들어 양옥집을 몇 개 지나면 몇십 미터 남짓 굽이굽이 한옥으로 된 좁은 골목길이 이어진다. 그 길을 처음 지날 때의 호젓함이 기억난다. 모양 다른 집과 벽과 화단들은 북촌의 단정한 한옥 거리보다 더 노스탤지어를 불러일으킨다. 봐왔고 기억에 있지만 언젠가부터 새로워진 길. 그곳은 그대로 있지만 다른 곳이 변했기에 결국 동물원이나 박물관처럼 사람들이 몰려들었다. 누군가에게는 새로운 길이고 누군가에게는 기억과 만나는 길이다. 나처럼 호젓함에 반한 사람들 중 그 골목에 터를 잡은 사람들도 있

다. 누군가 떠난 자리에 새로운 사람들이 들어왔다. 새로운 거주자들은 다행히 지붕을 바꾸지 않는다. 대신 조용한 골목에 갤러리가 생겼고 맥줏집이 생겼고 와인집이 생겼다. 조용함을 찾는 사람들이 주로 손님이 된다. 하지만 변화 없이 산 사람들은 어찌 보면 그들의 고집 때문에 그들이 있는 자리에서 떠나야 할지도 모른다. 실제로 몇몇의 노인과 아이들이 그 골목을 떠났고 그 자리는 조용한 모험가들이 메웠다. 저녁 무렵 골목에서 맡아지던 밥과 찌개 냄새는 사라졌고 대신 달큰한 술 냄새가 남았다. 그곳에는 아직 높지 않은 담으로 자신의 세계를 지키고 있는 벽들이 있다. 무언가를 흘려보내는 수로처럼 골목길의 줄기가 이어지고 그를 둘러싼 벽들이 있다. 그 벽 너머에는 머물고 싶어하거나 변화를 기다리는 땅들이 있다. 시간을 견디고 있는 벽들의 세계가 아직 거기에 있다.

손님의 자세

6년 남짓 효자동에 살게 되면서 인사하는 이웃이 생겼다. 이곳에 거주지가 생기고, 그전 거주지보다 상대적으로 많은 이웃을 두게 되었다.

지나다가 얼굴을 너무 많이 봐서 인사를 하게 된 경우는 없고 (가끔 마음의 인사는 하지만) 대부분이 드나드는 식당과 카페의 주인과 점원들이다. 변화의 시기에 있는 동네다 보니 새로 생기는 식당과 카페들이 많고 그 어떤 활기 덕에 낯가림 심한 나의 성격에도 불구하고 슬쩍 인사를 하고 안부를 묻게 된다. 친구라고 말할 수 있는 사람도 생겼고 아니더라도 편한 마음이 드는 사람들이다. 동네에 크게 불편한 사람은 없다. 몇 년 전 성질 나쁜 식당 주인과 싸운 적이 있었는데 다행히 그 식당은 이사를 갔고 거의 스트레스를 주는 사람이 없는 편이다.

길에 뿌리는 커피값을 줄여 작업실을 차려보자는 각오가 있었고 그래서 동네에 작은 작업실을 두었지만 작업실이 생기기 전 5년 정도는 말 그대로 길에다 커피값을 뿌렸다. 걷고 쓰고의 내 작업 패턴을 따라, 노트북을 가방에 담고 나와 카페에서 하루를 시작하고, 걷고 쓰고를 반복하며 하루에 서너 군데의 카페를 들르고는 했다. 카페에 혼자 들어가 쭈뼛거리며 커피 한 잔 시키고 자리에 눌러앉아 맥북을 펴고 멍 때리다 간헐적으로 키보드를 두드리는, 그리고 다시 멍 때리는 듯 심드렁한 표정과 눈빛으로 주위를 두리번거리다 당신과 눈이 마주쳐 흠칫 놀라며 다시 노트북을 보는, 여러분들이 어디선가 많이 본 족속들 중 하나가 바로 나다. 한 시간 이상 자리에 눌러앉아 있으면 누가 눈치를 주지 않아도 등 뒤로 땀이 흐르는 내 소심함이 엉덩이를 들게 하고, 머리에 신선한 공기를 넣기 위해 걷고, 또 편한 의자와 입맛에 맞는 커피가 있는, 만만한 카페로 들어간다. 누군가와 별말은 없지만 미소로 대하고, 또 누군가는 가벼운 안부를 묻고, 또 누군가에게는 사는 이야기와 정보를 듣는다.

깊지 않은 인간관계지만 소통 없이 사는 시기, 꾸역꾸역

뭔가를 창작해 보고자 벽 안으로 숨어든 시기에, 카운터에서 카드를 주고 받으며 짧게 이야기를 나누는 이웃들에게서 가끔 친밀함을 느낀다. 막연하지만 서로가 기분 좋게 바라보고 있음을 느낄 때가 있다.

공격과 방어, 판단과 단정, 욕구와 욕구가 부딪히는 세계, 좋게 말해 치열한 세계, 소통과 함께하는 시기에 마주할 역겨운 관계들이 숙취로 남아 다음 날까지 머리를 무겁게 할 때, 나는 그 어지러운 기분을 노트북 든 가방과 함께 들고 나와 털레털레 단골 카페까지 걸어가고, 단지 입장료를 내고 커피를 주고 받을 관계뿐이지만 볕 좋은 자리에 앉아 잔을 채워준 이웃과 인사를 하고 있노라면 서로 다치게 하지 않는다는 이유만으로 그 혹은 그녀가 고마워진다.

"날씨가 춥네요." "날씨가 좋아요." "맛있는 커피가 들어왔는데……" "머리 자르셨네요." 단답형의 안부와 멋쩍은 웃음들.

돈 아껴보자고 작업실을 구하고도 동네 카페를 끊지 못한 이유가 여기에 있다.

폐허

체부동 시장은 우리 동네에서 가장 번잡스러운 곳이다. 좁은 골목에 술과 음식을 파는 곳이 넘쳐흐르고 저녁 무렵은 언제나 사람들로 술렁인다. 사람들은 웃고 떠들며 한잔 할 곳을 찾는다. 오래된 가게와 새로 생기는 가게들이 있다. 얼마 전까지는 머리 위에 만국기들이 줄로 서서 나부꼈다. 난 만국기를 좋아하는 편이다. 바람에 펄럭이는 종이의 마른 소리를 듣고 있자면 빠져나간 축제의 기운이 느껴진다. 밤산책을 할 때면 조용한 골목 위주로 지나지만 그 걸음은 한 번쯤 꼭 체부동으로 향한다. 만국기가 펄럭거리는 축제를 지나며 나름 조용한 동네의 일상을 벗어난 번잡스러움을 느끼고자 함이다. 얼마 전 아쉽게도 만국기가 치워지고 골목 위로 오렌지색 등들이 달렸다. 시에서인지 구청에서인지 몇 년 전부터 이곳에 새로운 이름을 붙이고 시장 입구에 새로 정한 이름의 간판을 달았다. 하지만 그들이 만든 개명을 굳이 따르고 싶지 않은 마음이 든다.

체부동은 지금도 매일 변하며 점점 사람들이 더 모여들고 있다. 오래된 가게들은 계속 비워지고 매일같이 새로운 가게들이 생기는 걸 보면 이곳의 축제가 끝이 있을 것임을 느끼게 한다. 하지만 다행히 철물점과 과일가게와 낡은 골목의 정취가 어우러져 아직은 매력적인 공간으로 남아 있다.

소란스러운 체부동의 줄기를 따라가다 조금만 옆길로 빠지면 한적한 한옥 주택가와 작은 골목들이 이어진다. 일순 소음들이 멀어지고 새로운 세계를 걷게 된다. 소란과 고요함이 이어진 체부동을 걷다가 문득 이 공간의 역사를 떠올려 본다. 근대의 기록, 그리고 근대에 만들어진 소설 속에서 이곳은 종종 이름을 보인다. 염상섭은 취한 걸음으로 이 골목 어딘가를 걸었고 체부동에 이웃한 적선동 어딘가에 '폐허'라는 문패를 달았다. 그 문패가 달린 집에 문인들이 모여들었고 그들은 문인지를 만들었

다. 그중에는 서양화가 나혜석도 있었다. 단발기생이라 불렸던 강향란은 글을 배우기 위해 당찬 걸음으로 적선동을 찾았다. 근처 어딘가에 염상섭 생가터가 있다는 말은 들었지만 어디인지는 아직 모른다.

근방을 지나다 보면 가끔 누구누구의 터, 라고 적힌 비석을 만난다. 그 비석은 어느 빌라 앞에, 큰 길가 보도블록 사이에 놓여 있다. 비교적 옛것을 지키고 있는 동네이지만 남아 있는 역사는 미미하고 그 대신 누구누구의 터만 남았다. 무엇인가 있었던 자리. 지금은 지워졌지만 기억을 위해 남겨진 비석. 쓸쓸한 공간의 무덤만 있을 뿐이다.

얼마 지나지 않으면 필운방이라 불리던 동네의 다른 명칭, 체부동과 적선동도 사람들의 기억 속에서 낯선 지명이 될지 모른다. 아직은 옛 기록물에 있는 낯익은 지명들에 반가움을 느끼지만 자하문로 몇 길, 세종문화마을 등 새로운 지명에 익숙해질 이들은 옛날 지명에서 역사를 감각하지 못할 것이다. 이를 떠올려보면 누구누구의 터보다 더 쓸쓸한 기분이 든다.

적선동에 간판을 둔 문인지 『폐허』는 프리드리히 폰 실러의 『빌헬름 텔』 소설 속 문장에서 시작되었다 한다.

"사과가 놓여 있던 이 머리에서 더 나은 새 자유가 싹을 틔울 거야. 낡은 것은 무너지고, 시대는 변하고 있어. 새 삶은 폐허에서 꽃필 거야."

시대는 변했다. 폐허의 시기를 지났지만 그들이 피우고 싶던 꽃은 어찌 되었을까. 체부동과 적선동을 돌아나오며 그 작은 길에서 폐허의 시기와 그 터를 생각했다.

토요일의 축제

관광객이 모여드는 지역이 되었음에도 내가 거주하는 동은 상점들이 없는 탓에 비교적 조용한 편이다. 하지만 주말은 예외가 된다. 처음에는 단체 중국인 관광객과 그들을 태운 버스가 길을 메웠고 2016년의 토요일은 훨씬 더 요란한 사정이 생겼다. 모두가 기억하듯 사람들은 시내를 메웠다. 지척이 청와대인 탓에 주말마다 그 물결을 구경하고 동승했다. 집으로 들어가는 중 흘러가는 사람들을 보고 있자면 구경이 되고, 집을 향해 걷다가 모두의 함성에 나 또한 한 가닥의 소리를 얹으면 동승이 된다. 2016년의 이 집회들을 사람들은 훗날 '대단했다'라고 떠올릴 것이다. 차들이 오가는 대로의 양태가 바뀌었고 대규모의 가족 단위 인파들은 산책 같은 행진을 했으며 함성과 나팔과 노랫소리가 들렸다. 추운 겨울밤, 비극과 분

노 때문에 거리로 몰려나왔지만 그들의 행진은 축제와 닮아 있었다.

인파에 몸을 실을 때도 있지만 집으로 가기 위해 그 물결을 벗어나야 할 때가 있다. 데이비드 린의 영화 속 한 장면처럼 군중들을 역류하자면 나란히 걸을 때 보이지 않던 사람들의 얼굴이 보인다. 단지 몸의 방향을 바꿨을 뿐임에도 순간 나는 외지인이 된다. 거주지에 있지만 관광객이 된 듯한 시선으로 행진에 압도된 채 군중을 가로지른다. 수많은 얼굴들이 다가온다. 표정들이 다가온다. 끊임없이 스쳐가고 나는 너무 많은 얼굴을 본다. 내가 아는 얼굴, 혹은 나를 아는 얼굴이 다가올 수도 있다. 나는 갑자기 그 많은 얼굴들을 볼 자신이 없어진다. 큰길의 차도를 걷다가 가장자리로 간다. 좁게 이어진 골목들을 타고 집으로 갈 요량으로 대로를 벗어나 보지만 골목 입구에는 의경들이 진을 치고 있다. 저 조용한 골목의 세계로 넘어가기 위해서는 의경들에게 내가 이곳의 거주인임을 증명해야 한다. 나는 함성 가득한 그곳에 서서 의경들로 메워진 골목의 입구를 지나기 위해 지갑 속 신분증을 꺼냈다.

조용한 눈

눈이 내렸다.

고양이의 걸음이 빨라졌다.

둘 다 소리는 나지 않는다.

골목은 환하다.

그늘에도 눈빛이 어린다.

눈이 내리고 걸음이 지나지 않은 골목도 있다.

가만히 서서 낯설어진 골목을 보았다.

골목 저 끝에서 스무 살짜리 여자아이 하나가

절룩절룩 목발을 짚고 나온다.

가로등 불빛이 닿지 않는 저 끝에 서 있지만

구겨진 얼굴이 보인다.

소리 지른다.

절규하듯.

목청껏.

"네가 죽어버렸으면 좋겠어!"

메아리가 골목을 타고 돌지만

자정 무렵의 이 적막한 골목에서

그 소리를 듣는 사람은 아무도 없다.

세월이 지났기 때문이다.

나는 골목을 등졌다.

돌아보지 않겠다는 각오로.

골목을 빠져나와 이미 눈 위로 지난 차바퀴 자국과

발자국들이 있는 거리에 섰다.

내리는 눈은 가로등도 덮었지만

눈빛으로 거리는 여전히 환하다.

절룩절룩.

등 뒤로 목발이 멈추는 소리가 들린다.

조용한 거리.

내리는 눈은 소리를 내지 않는다.

고양이의 걸음도.

목발로 걷는 아이도.

먼

곳

으

로

부

터

용도 없음

아끼던 컵이 있었다. 그 컵은 한 손으로 감싸 쥐기 좋은 사이즈였고 표면에 엄지손톱만 한 크기로 빨간 물 주전자가 그려져 있었다. 일본의 커피전문점에서 기념으로 산 잔이었다. 언젠가 우유를 담아 테이블 위에 놓았던 유리잔은 튀어 오르는 고양이가 미처 발견하지 못한 탓에 거실 바닥으로 떨어졌다. 사방에 우유를 흩뿌리며 깨어진 유리잔을 보고 매우 아쉬워했으나 얼마 지나지 않아 운 좋게 같은 유리잔을 선물 받았고, 지금 그 잔은 시원한 물이 담긴 채 책상에 앉아 원고를 쓰고 있는 내 손 옆에 위치해 있다.

책상 위에는 바바도스 캐러비언 럼이 담긴 작은 술병이 있다. 200밀리리터짜리 용기에 담겨 있고 1년 전쯤 베를

린의 샵에서 산 술이다. 크로이츠베르크 지역의 어느 잡화점에 들어섰을 때 주인과 몇 가지 환담을 나누고 그 술을 한 잔 얻어 마셨다. 수제로 만들어 작은 병에 담아 몇 군데 잡화점에서만 파는 럼이었다. 나는 술맛에 깊은 감명(?)을 받아 두 병 구입하고는 애지중지 1년간을 마셨다. 아직 한 병에 약간의 술이 남아 있는 것은 내 주량이 약한 것이 아니라 나의 좀스런 마음 탓이다. 그리고 좋은 기억을 오래 지니고 싶은 마음도 있다.

책상 위에는 또 몇 가지 자질구레한 소품들이 있다. 작은 오디오가 올려져 있고 그 위에 장난감이 몇 개 있는데 그 중 런던의 장난감 백화점에서 구입한 레고 근위병은 사고 나서 꽤 만족스런 아이템이다. 레고에 별 취미가 없음에도 소총과 길쭉한 털모자와 같은 영국 근위병의 디테일이 마음에 들었다. 지금은 거의 없어진 습관이기는 하지만, 난 한때 여행 중 작은 장난감들을 많이 구입했었다. 태엽으로 움직이는 작은 장난감들과 손잡이를 돌리면 아름다운 소리를 내는 깡통, 혹은 나무로 만든 모빌과 작고 조악한 마리오네트 등은 아이들만큼이나 여행객인

내 눈을 사로잡았다. 뭔가에 홀리듯 용도 없는 물건들을
잔뜩 사고 그 작은 물건들을 애지중지했다. 그 작은 물
건들은 지금은 내가 알지 못하는 어느 수납 공간에 고이
들어가 있을 것이다.

그 장난감들을 사 모으던 시기는 타국을 여행한다는 것
이 나에게 큰 모험이었던 시기이기도 했다. 처음 가본 아
시아, 처음 가본 유럽, 처음 가본 타국에서 나에게 기념
이 될 만한 것들은 다양한 장난감 가게에 있었던 것 같
다. 여행은 일상을 벗어나는 자극이 있다. 이질적인 간
판과 이질적인 거리와 이질적인 하늘을 만나는 것은 새
로운 만남이기도 한 동시에 끊임없이 내 기억의 어딘가
를 환기시킨다. 날마다 새로움을 만나던 어린 시절, 날
마다 새로운 하늘과 계절을 만나 경이로워했던 어린 시
절에 대한 기억 어딘가. 난 내가 여행 중 유독 장난감에
집착했던 것이 그와 연관이 있을 거라 생각한다. 새로움
에 열려 있던 아이의 눈에 장난감이 용도 있는 물건으로
보였을 수도 있다.
나는 진열하는 취미가 없기 때문에 구입한 물건들이 사

용하지 않는 것이라면 수납 가능한 다양한 공간 혹은 집 안 아무 틈에나 방치해둔다. 아직 용도가 있어 버려질 이유가 없는 물건들 외에 버리지도 못하는 물건들은 집 안 어딘가를 떠돌고 있다. 만 년에 한 번꼴인 집 정리 중, 내가 여행하며 모은 소품들을 펼쳐놓은 적이 있다. 작동하지 않는 클래식 카메라, 몇 초 혹은 몇 분의 오차를 허용하는 빈티지 시계들, 태양열에 펄럭거리는 플라스틱 나비, 나무로 깎은 기린 조각상, 우유갑으로 만든 지갑, 박수 소리에 깔깔거리며 뒤집어지는 원숭이 인형, 호텔 프론트벨, 지금은 흥미가 덜한 장난감들, 잠시의 소유욕에 거둬들였으나 용도를 잃은 물건들. 그 물건들은 내 눈길을 사로잡던 처음과 같은 힘이 없지만 어찌되었든 버려지지 않을 것이다. 미련한 물건들에 추억의 아름다움이 어려 있다고 말하는 것은 아니지만 옅은 기억의 기호들을 버릴 자신이 없는 나는 아마도 눈에 띄거나 띄지 않는 추억의 물건들에 둘러싸여 한동안 살아갈 것이다.

비밀을 파는 곳

오래된 물건들이 있다. 폐품들에 가치를 두는 사람들도 있다. 어느 나라든 그들의 거리가 있다. 보통 주말에 시장이 열린다. 나는 어느 지역을 여행하든 '벼룩시장'이라고들 하는 그들의 시장을 찾는다. 유럽의 벼룩시장은 큰 볼거리다. 파리의 생투앙과 방브, 런던의 브릭레인, 베를린의 마우어 파크 벼룩시장, 모스크바의 이즈마일로보 등을 찾아본 적이 있다. 그 외에도 주말마다 크고 작은 동네에 주민들이 펼치는 작은 장들이 있다. 먹거리, 디자인 소품, 잡기들과 더불어 다양한 기능의 오래된 물건들이 쏟아져 나온다. 시장에는 재활용을 위한 중고들도 많지만 추억을 위한 소품들이 더욱 많다.

아프리카 등 많은 개발도상국의 도시들은 일반적인 시장 자체가 거대한 벼룩시장이다. 사람들이 구매할 수 있

는 전자제품, 옷, 신발, 모든 물품들이 재활용품인 곳들이다. 사람들은 새것을 이용하지 못하고 대부분이 중고품에 의존한다. 그리고 대부분의 중고품들은 그들이 사용한 것이 아닌 다른 나라에서 온 것들이다. 반면 유럽의 벼룩시장은 그보다 추억을 중요시하는 사람이거나 지난 것들에 애착이 있는 사람들, 혹은 낯선 세계에 눈이 가는 관광객들을 위한 장소다. 앞서 말한, 이름 있는 유럽의 벼룩시장들은 주민들의 플리마켓이라기보다 상인들의 시장이 된 지 오래다. 장사꾼들의 장소이지만 그들은 오래된 물건의 가치를 알거나 믿는 사람들이다.

그중 생투앙은 특히 아름다운 장소다. 여러 구역으로 나뉘어 있고 구역마다 스타일이 다른, 매우 큰 시장이면서 오랜 것들에 깃든 비밀스러움이 있다. 작은 골목들 사이 상인들이 점포문을 열고 가판을 세우면 옛 물건 주위로 생동감 넘치는 인파들이 스쳐간다. 좋은 계절을 지날 때 상인들은 아름다운 테이블과 의자들을 양지바른 골목에 놓고 점심과 차를 즐긴다. 등나무 아래 가판대에서 쓰레기와 보물들이 뒤엉켜 손님들을 기다린다. 굽이굽이 좁은 골목을 이어가며 이국의 오래된 사연들을 만나다 보면 그것들이 모여든 장소와 그 장소에 있는 사람들을 생각하게 된다. 낡은 물건들을 맴도는 사람들.

여행객들은 그곳, 멀리 있어서 새로워진 여행지에서, 먼 시간을 지나 다시금 새로워진 가치들을 만난다.

벨라루시의 손목시계

모스크바에 도착해서 가장 가고 싶었던 곳은 이즈마일로보 벼룩시장이다. 소련제 구형 스냅 카메라를 골라볼 수 있지 않을까 하는 마음에서 둘러보았던 벼룩시장에서 눈이 가는 건 오래된 손목시계들이었다. 진열된 손목시계들 중 욕심 나는 물건들이 있었고 12시 바로 밑에 붉은 별이 박힌 손목시계 하나를 샀다. 그리고 조금 지나 다양한 잡화들을 파는 작은 가판을 구경하다 벨라루시제 손목시계를 하나 들었다. 손목밴드가 조잡했지만 시계 자체는 멋스러운 데가 있었다. 비교적 커다란 폰트의 단순한 글씨로 써진 숫자들과 시침, 분침만 있는 시계였다. 단순한 매력의 시계를 내려다보다가 잠시 벨라루시를 상상해 보았다. 다행히 비싸게 팔지는 않았고 가벼운 흥정을 통해 벨라루시에서 온 손목시계를 살 수 있었다.

잡화를 팔던 아주머니는 기분이 좋았는지 이런저런 이야기를 했는데 통역을 통해 대략적인 내용을 들을 수 있었다. 조금 전 이탈리아 손님에게 판 스카프는 사실 몇십 년 전 그 아주머니가 이탈리아의 작은 마을에서 산 물건이었고 방금 그 물건을 산 손님도 그 마을 출신이라는 것. 아마도 그 스카프가 고향으로 돌아갈 것이라는 내용인데, 믿고 안 믿고는 듣는 사람의 판단에 맡겨야 하겠지만 세상에 그런 일이 없으리라는 보장은 없다.

모스크바는 영화제 때문에 들렀다. 대형극장의 1500석의 넓은 객석을 채우고 내 영화를 상영하는 즐거움을 맛봤고 내 영화를 설명할 수 있는 기회도 가졌다. 조금 멋있는 말을 하고 싶어서 고민하다가 러시아가 만들어온 문학과 영화의 열매들은 나에게 뿌리가 되었다고 했다. 그 말은 거짓말일 수 없다. 내 근간 어딘가에는 체호프의 소설들이 떠돌고 모스 필름이 만들었던 화려했던 러시아 영화의 이미지들이 각인되어 있고 그들은 내가 만드는 이야기와 영화에 영향을 끼쳤을 것이다. 어쨌든 그런 결과로 가지고 온 이 열매가 또 누군가의 뿌리가 되는 날이 왔으면 좋겠다는 말을 했다. 역시나 멋 부린 말이라 반성의 마음이 들지만 돌고 도는 인연을 따라 벨라루시에서 온 시계가 다시 자신이 온 곳으로 돌아가는 것보다 이루어질 가능성이 있지 않을까? 아니더라도 내 다음의 열매라도 어떤 이의 뿌리가 되는 멋진 일이 생기면 좋을 일이다.

끝없는 길들

루스 렌들의 단편 소설 『케판다로 가는 초록 길』에는 미스터리한 산책길이 나온다. 주인공 '나'는 인기 없는 판타지 소설가 '아서'의 친구로 그와의 대화나 식사는 즐기지만 판타지 소설이 취향은 아닌 탓에 아서의 소설을 읽어본 적이 없다. 아서는 어느 날 '나'에게 철로와 침목이 사라지고 더 이상 용도가 없는 기찻길이 있다는 것과 그 길을 따라 산책하는 방법을 알려준다. 이제는 숲이나 들판이 된 기찻길의 흔적을 따라 걸으며 점점 아서와 정신적인 교감을 하게 되는 '나'는 비로소 그가 출간한 다섯 권의 소설을 읽어봐야겠다는 의지가 생긴다. 하지만 아서의 책을 읽기 전 '인기 없는 톨킨'이라는 별명을 가진 그는 소모적인 창작에 지쳐 스스로 생을 마감한다. 아서가 자살한 날, 그의 자살을 모르는 '나'는 기찻길을 건

다가 오래된 궁전으로 통하는 아름답고 비밀스러운 초록 길을 발견했지만 아서의 죽음 이후 어떤 자책 때문일지 '나'는 그의 책이나 그가 알려준 산책길들을 잊고 지낸다. 그러던 어느 날 '내'가 가보았던 초록 길은 실재하는 공간이 아닌 아서의 소설 속 공간임을 알게 된다. '나'는 아서가 그토록 찾던, 그의 세계에 닿은 한 명의 독자가 된 것이다.

벨기에 작가 베르나르 키리니의 단편 소설 『끝없는 도시』 또한 재밌는 산책이 나온다. 여기서도 주인공은 1인칭인 '나'이다. '나'는 이탈리아의 어느 도시에서 도시 자체가 자신의 고향이고 집이라고 말하는 한 사내를 만난다. 시간이 지나고 '나'는 프랑스의 서부 도시 낭트에서 한 번 더 그 사내를 만나는데, 그에게 여행의 목적을 물어보니 남자는 '자신은 여행을 해보거나 다른 도시로 떠나본 적이 없다'고 말한다. 그리고 '나'는 그를 쫓아 도시의 낯선 길을 헤매게 된다. '나'는 그의 뒤를 따라가다 골목의 미로 같은 틈 어딘가에서 런던으로 빠져나가게 되고 그를 쫓기만 한다면 작은 샛길을 이용해 런던, 브뤼

셀, 모스크바, 어느 도시로든 갈 수 있다는 것을 알게 된다. '나'에게는 믿기지 않는 모험이지만 그는 끝없는 도시 안에 갇혀 있는 셈이다.

산책에는 종종 낯선 세계에 대한 발견이 있다. 폭과 생김이 다른 수많은 길들로 이루어진 도시는 벽 사이로 나뉘는 여러 구역의 지형들 아래 시간과 공간의 비밀을 가진 듯하다. 뒤엉킨 시간의 타래길들을 따라 산책을 이어나가다 보면 나 또한 골목 끝으로 사라진 그들의 세계를 궁금해하는 '내'가 된다.

실패한 사진 1

나는 연애도 해외여행도 다른 사람보다는 늦되게 시작
했다. 서른한 살 때 처음 해외로 나가봤다. 연애를 언제
시작했는지는 밝히지 않겠다.

내 첫 해외 여행지는 도쿄였는데 영화 촬영 때문에 1박
을 한 것이 다였다. 새벽에 신주쿠에 도착했고 다음 날
새벽 시부야에서 촬영을 진행하고 그날 저녁 한국으로
돌아왔다. 이후로 많다면 많고 적다면 적을 수 있겠지만
하는 일 덕에 낯선 땅들로 여행을 떠날 기회가 많았다.
일로 해외에 나간다 해도 긍정적 마인드의 나에게는 여
행에 다름없다. 낯선 거리를 걷고 새로운 것들을 보고 호
기심을 가졌던 물건을 사고 사진을 찍고 대략 어느 곳을
가든 그러한 즐거움과 자극이 있었다. 그렇게 여행에서
많은 자극을 만났지만 서른한 살 무렵 나의 첫 해외여행

만큼 큰 자극은 없었을 것이다.

같은 피부색과 비슷한 외양, 비슷한 문화도 지니고 있지만 다른 말을 쓰고 다른 질서가 있는 도시를 보는 것은 내심 놀라운 일이었다. 도시의 번화가 사이 흘러가는 사람들의 수많은 얼굴들이 내 눈에 들어왔고 그들의 표정 하나하나 관심이 갔다. 무엇이 같고 무엇이 다른지 끊임없이 생각했다. 낯선 냄새들 사이 그리운 냄새를 맡기도 했다. 이후 가까운 나라, 도쿄를 자주 찾을 기회가 있었다.

나는 도쿄의 여러 지역 중 코엔지에 좋은 기억들이 있고 도쿄에 가면 매번 들른다. 예전 사진첩을 들여다보면 초기에 찍은 코엔지 배경의 많은 사진들이 있다. 그때는 지금 보면 별것 아닌 모든 것에 셔터를 눌렀다. 간판과 등과 벽 사이의 이끼에도 관심이 갔다. 매번 여행 때마다 카메라를 가지고 가지만 점점 여행의 횟수가 많아질수록 셔터를 누르는 수는 적어졌다. 지금은 이끼에 별달리 관심을 가지지 못한다. 도시는 점점 편안해졌고 그만큼 낯섦과 발견은 사라졌다.

얼마 전, 오랜만에 코엔지를 걸었다. 더 이상 낯선 여행지가 아니었지만 모든 것을 새롭게 보던 예전의 내가 떠올랐다. 이곳을 대하는 내 기분이 바뀐 것을 알았고 아주 먼 곳에 와 있는 듯 골목 골목을 떠돌던 나를 기억했다. 무언가 대단한 발견을 기록하듯 마구잡이로 찍었던 코엔지의 사진들을 생각했다. 남겨진 사진으로 보자면 하루에 한 장을 찍어도 최근에 찍는 사진들이 낫겠지만, 기록 외에 별 용도 없어 보이는 잡다한 사진들에 나만이 기억할 수 있는 설렘이 있다. 그것은 마치 영화를 시작했을 때 처음 프레임으로 세상을 담아봤던, 나의 조악한 16밀리 필름들과 닮았다. 남에게 보여주고 싶지 않지만 버릴 수가 없어서 장롱에 감춰두는 내 습작용 영화의 첫 번째 롤.

실패한 사진 2

비구름은 아침에 물러갔다. 겨울 볕에 젖은 길들은 반짝
거렸고 빠른 속도로 말라갔다. 젖은 신발은 그러지 않았
기 때문에 발걸음이 일찍 무거워졌다. 교토의 헤이안 지
구 근처를 지났다. 평소에 들르지 않던 동물원도 들렀다.
보수 공사가 한창이라 동물을 가두는 우리 안에는 인부
들이 더 많았다. 울타리 너머 몇 종류의 동물과 몇 명의
사람을 보았다.

동물원을 나와 근처의 사원과 이끼 정원을 돌아보았다.
어느 거리는 사람이 많았고 어느 거리는 사람이 없었다.
교토의 거리들은 소란스러움 옆에 침묵이 같이 흐르는
곳이다. 나는 그 안에서 편안함을 느끼며 때때로 침묵 속
으로 들어가고 싶어 했지만 그 침묵은 내가 침범할 수 없
는 다른 곳에 있다. 같은 장소에 있어도 경계면 너머에

이를 수 없다.

발이 마르기 전 다시 구름이 하늘을 덮었고 사람들이 달아나기 시작한 거리에서 우산을 폈다. 길 끝에서 두 남녀가 걸어왔다. 페도라와 검은 코트를 입고 담배 파이프를 든 노년의 서양 남자와 나이 든 게이샤 여자가 한 우산을 쓰고 있었다. 나이 든 코스튬 플레이어 혹은 박물관의 밀랍이 연상되는 커플이었다. 그들은 어느 사진 갤러리 앞에 섰다. 남자는 파이프를 입에 물고 액자 안의 사진을 잠시 보았다. 사진을 찍고 싶었지만 필름을 리와인딩 하는 사이 그들은 갤러리 안으로 들어갔다. 남자는 수많은 액자에 담긴 사진들을 둘러보았고 나는 갤러리의 유리창 바깥에서 그들을 보고 있다가 다시 카메라를 들었다. 남자는 진지한 표정으로 액자에 담긴 사진을 보고 있었다. 유리창 너머의 그들은 카메라에 담길 수 없는 거리와 위치에 있었고 나는 포기하는 마음으로 셔터를 눌렀다. 그리고 우산을 제대로 쓰고 나서 비 오는 길을 다시 걸었다.

얼마 후 사진을 현상해보니 사진 안에는 밀랍 신사의 표

정도 그가 보던 사진도 없었다. 찍을 때부터 알고 있었지만 아무것도 담지 못한 실패한 사진이었다. 하지만 더러 실패한 사진도 이야기를 한다. 그들과 나 사이의 먼 거리를, 액자 너머의 세상을 보는 그들보다 더 먼 곳에서 카메라를 들고 있는 나를, 같은 장소에 있음에도 경계면 너머에 이를 수 없었던 그곳에 대한 기억을.

사 람 을 읽 는 다 는 것

긴자 거리에 비가 들이쳤다. 갑작스레 쏟아지는 비에 마
땅한 처마 밑을 찾을 시간도 없었다. 어느 빌딩 공사장
의 안전을 위한 차양 아래 몸을 피했다. 비를 간신히 피
할 자리였지만 거세지는 빗방울을 오래 피할 자리는 아
니었다. 건너 건물 처마 밑으로 내달리고 젖은 옷을 털어
내며 비가 그치기만 기다렸다. 한동안의 시간이 지났음
에도 비는 그칠 기미가 없었다. 빗방울의 굵기를 가늠하
다 얇아지는 틈을 타 다음 건물의 처마를 찾는 식으로 조
금씩 빌딩을 옮겨 다니다가 '루팡'이라는 바에 숨어들었
다. 조용한 골목 사이 괴도의 날카로운 표정이 그려져 있
는 간판이 있었고 그 멋스러움에 홀린 듯 바(bar)로 들
어갔다. 지하 계단을 내려가자 길쭉한 카운터 뒤로 바텐
더들이 서 있는 것이 보였다. 바텐더는 모두 초로의 노인

95

들이었다. 바에 앉자 나이 많은 매니저가 다가와 젖은 옷을 타월로 닦아줬다. 비 탓인지 손님은 바 자리 외에 테이블에 두 사람뿐이었다. 바에는 음악이 없었지만 점원들의 조용한 분주함에 기분 좋은 소음이 있었다. 난 김렛을 시켰고 백발의 바텐더는 셰이커에 얼음을 담았다. 잠시 후 근사한 김렛이 나왔고 난 노인들뿐인 그 바를 둘러보며 편안함을 느꼈다.

다음 날도 그 바를 찾았다. 바텐더는 김렛을, 맨하탄을, 일본주를 베이스로 한 이름 모를 칵테일을 내줬다. 두 잔을 시킨 이후로는 내가 굳이 말을 하지 않아도 내 취향을 읽어냈다. 할머니 바텐더들이 있었지만 그분들은 하이볼이나 온더락 등의 간단한 술을 내주는 일들을 했고 조금이라도 까다로운 주문은 백발의 바텐더 히라키 상이 해결했다. 두 번째 그 바를 찾은 날은 많은 손님들이 있었는데 히라키는 그들 모두에게 유연하게 대처했다. 그들이 원하는 술을 묻거나 알아내고 그들에게 맞는 술을 추천해주고 간단한 농담이 오고 갔다. 거기엔 여유로운 노인의 삶이 있었고 편안함과 세심한 배려가 있었다. 나이 든 바텐더는 무수히 많은 손님들이 들르는 이곳에

서 손님들의 취향을 읽어내고 그들의 편안함을 위해 노력한다. 나는 그즈음 사람을 읽어내는 사람들의 피곤함을 떠올리곤 했었다. 어느 나이가 되면 나의 약점을 노출하는 것과 별개로 타인에 대한 장단점을 보는 눈이 생긴다. 타인을 읽고 판단하고 경계한다. 냉철한 시야가 냉소적인 인간을 만든다. 히라키 또한 사람을 읽는다. 하지만 그는 경계가 아닌 그 사람을 위해 그 사람을 읽었다. 한 사람의 편안한 기분을 위해서.

나는 바 귀퉁이에 앉아 바텐더와 매니저의 움직임을 보는 것이 즐거웠다. 바 밑으로 레몬을 자르고 얼음을 담고 설거지를 하는 손과 바 위 일하는 사람들의 편안한 표정, 그들의 농담을 봤다. 나는 카메라로 그들을 몇 컷 담았고, 그들은 카메라를 든 관광객에 너그러웠다. 나는 고개를 돌려 술집에 걸려 있는 오래된 사진을 봤다. 다자이 오사무가 찍힌 유명한 사진이 있었다. 그가 사진을 찍은 곳이 그곳 루팡임도 알 수 있었다. 히라키 상은 내게 다가와 다자이 오사무처럼 찍어주겠다며 나의 카메라를 들었다. 수동 카메라였기 때문에 작동하는 방법을 알려주려 했으나 그는 이미 오래된 필름 카메라에 친숙했다.

간단하게 노출을 잡고 포커스를 돌리고 아주 짧은 사이에 셔터를 누르고 카메라를 돌려줬다. 카메라를 만지는 동작 또한, 그가 만드는 칵테일처럼 능숙했고 다정했다.

멈춰진 남자

그는 매우 재미있는 자세로 그 자리에 멈춰져 있었다. 시부
야 거리에서 맞닥뜨린 마임이스트는 바쁜 움직임을 가장
한 자세와 편안한 미소를 띠고 도시의 속도 사이에 서 있
었다. 그 포즈가 꽤나 길어서 긴장감이 느껴졌다. 그의 넥
타이와 너풀대는 듯한 재킷의 자락은 바람이 아닌 철사로
휘어졌고, 날리는 듯한 머리는 왁스 혹은 헤어 스프레이로
굳어져 있는 것이며, 그는 사실 속도가 아닌 정지를 위해
온몸의 근육을 쓰고 있다. 단련된 그의 근육들은 오랜 정
지 동작을 잘도 견뎌낸다. 그리고 그가 만들어낸 동작은 사
람들을 웃게 한다. 그 또한 미소를 지우지 않고 조심스럽게
다음 동작을 이어나간다. 그는 4~5분 단위로 멈춰 있었고
다음 동작만을 위해 움직였다. 그의 정지된 동작은 모두 속
도를 닮아 있다. 도약하듯, 넘어질 듯, 다양한 자세로 멈춰

있다. 거리의 많은 사람들이 걷고 있었고, 걸음을 잠시 쉬고 그에게 관심을 주는 이도 있었다. 하지만 잠시 멈춘 발걸음은 완벽한 정지가 아니었다. 재밌게도, 바쁘게 지나가는 그 거리에서 완벽하게 움직이지 않는 사람은 그뿐이었다. 균형이 흐트러진 자세임에도 그의 몸은 흘러가는 시간을 향해 쏟아지지 않았다. 그의 발끝에 있는 모자 안으로 구경꾼들의 동전이 쌓였다. 사람들은 간간이 동전을 떨어뜨렸고 그 동전만이 그의 멈춰진 것들에 닿는 시간의 일부였다. 살아 있는 조각상은 천천히 모자를 들어 올렸다. 그는 부드럽게 움직이기 시작했고 순식간에 거리의 속도와 같아졌다. 미소는 잃지 않았다. 그가 움직이기 시작하자 그의 넥타이와 재킷은 더 우스운 모양새가 되었다.

그는 아마도 도시를 옮겨가며 퍼포먼스를 이어나갔을 것이다. 내가 시부야에서 만났던 것처럼 누군가는 다른 도시에서 만날 수 있을 거라 생각한다. 새로운 거리 어딘가에서 가장 빠른 자세를 한 채 멈춰져 있는 그를 떠올려본다. 많은 도시를 여행하며 멈춰 있는 그를.

그가 자신의 단련된 근육으로 견뎌내는 것은 그의 포즈가 아니라 도시의 속도다.

견딜 수 있는, 어둠 속

제주도에는 많은 길들이 있다. 해안을 타고 도는 올레길과 중산간을 지나는 둘레길 등 흐름이 정해져 있고 끝도 있지만 끝이 목적이 아닌 길들. 변화무쌍한 모습으로 흘러가는 길들은 지루할 틈이 없다. 그 길은 풍경의 길이기도 하지만 소리의 길이기도 하다. 바다와 바람과 바람이 지나는 나무와 새와 벌레들이 다양한 소리를 낸다. 해안길, 마을길, 오름길, 숲길을 지난다. 나는 그중 숲길을 지나는 것을 좋아한다. 숲길은 생김새도 다양하다. 나무와 지질과 생태가 숲의 얼굴을 만든다. 소리와 교감하는 아늑한 길, 깊고 비좁고 차가운 길, 어깨를 무겁게 만드는 무서운 길들이 있다. 풀이 누운 자리, 혹은 나무 끝에 매어진 리본으로 그곳이 길이라는 것을 간신히 알 때도 있다. 나무와 그늘과 이끼의 세계는 다른 곳보다 어둠이 일찍 찾아온다. 나는 몇 번 숲에 홀린 적이 있다. 시간을 잊고 길을 잃은 때가 있었다. 아늑한 스산함이 순식간에 공포가 된다. 이길 수 있는 공포가 이길 수 없는 공포가 된다. 내 등 뒤에서 새가 나뭇가지를 치고 날아오르고 이끼 사이 뱀이 숨는 것을 보기도 한다. 어둠과 어둠의 소리들이 숲을 덮기 전 그곳을 빠져 나오기 위해 노력한다. 숲의 미로에서 벗어나 빛의 출구에 안도하고 나면, 그 자리에서 숲의 기운을 털어낸다. 나는 집으로 돌아가겠지만 머지않은 시간이 지나면 견딜 수 있는 어둠이 있는 곳, 소란스런 나무들의 세계를 다시 걷고 싶어 할 것이다.

밧줄과 식물

몇 년 전, 제주도를 걷던 중 게스트 하우스에서 친구를 하나 사귀었다. 이후에 다시 만나지는 못했지만 두어 번 서로 근황을 물은 적은 있다. 스무 살이 갓 넘은 앳된 친구였는데, 혼자 하는 여행도 처음이었고 비행기를 탄 것도 처음이라고 했다. 실업계 고등학교를 나와 이런저런 아르바이트를 하며 부지런하게 사는 친구였다. 스무 살답게 낭만적인 책을 좋아했고 자기계발서를 싫어했다. 되고 싶은 것 없이 대학교가 진로인 애들만 읽는 거라면서. 그는 또 바리스타가 되고 싶다고도 했다.

우리는 같이 길을 걸었고 멋진 풍경을 같이 보았다. 가파른 산길을 오르고 땀을 식히다가 바닥에 굵은 밧줄을 엮어 만든 오솔길을 내려다보았다. 비탈길에 앉아 안개가 장관인 멀리의 풍경을 보다가 얼기설기한 바닥을 뚫고 나온 풀과 꽃들에 시선이 갔다. 나는 그에게 저 밧줄을 뚫고 나온 식물들이 아름답고 신기하다고 했다. 그는 앳된 얼굴로 그 밧줄을 바라보더니 저 수많은 밧줄을 누가 일일이 엮고 이곳에 깔았을까를 궁금해했다. 잠시 부끄러움이 스쳐갔고 다행히 바람이 불어 땀을 식혔다. 그 또한 앳된 얼굴에 난 땀을 닦으며 멀게 뻗은 오솔길을 바라보았다.

나무들의 도시

런던의 가장 큰 즐거움은 공원이었다. 다양한 생김새를 가진 크고 작은 공원들은 성격 또한 다르다. 볕이 좋았던 4월, 그 공원들을 찾아다녔다. 너른 잔디와 나무들 사이 쉴 곳을 찾는 사람들을 보는 것만으로도 휴식이 된다. 나무 그루마다 한 사람씩 누워 있었고, 그늘 아래 몸을 뉜 그들이 햇살의 부서진 조각들과 선선한 바람을 즐기는 것을 보았다. 살인적인 물가에 시름해야 하고 방 한 칸을 얻기 위해 비싼 월세를 내야 하는 런던이지만, 나무 한 그루의 그늘을 가지는 것은 아무리 가난한 사람이더라도 어렵지 않다. 나는 많은 공원을 걷고 그들의 생김새가 어떻게 다른지 생각해 보았다. 그리고 그 많은 공원들 중, 도시로 흘러 들어가는 템즈 강의 상류에 위치한 리치몬드 파크를 가장 좋아했다. 사람들을 위해 정리된 자연이 공원의 정의라면 리치몬드 파크는 아마도 공원이 아닐 것이다. 그곳은 사람이 아닌 녹지와 늙은 나무들을 위한 장소였다. 나무들이 많지만 숲은 아닌 공간. 나무들은 서로의 몸이 닿지 않은 거리에서 넓은 땅의 양분을 먹었고 거대해졌다. 대부분의 나무들은 매우 컸고 늙었다. 끝없이 몸을 키우는 고목들이 있었고 오랜 생을 끝낸 고사목들도 있었다. 죽은 나무들은 치워지지 않고 산 나무들 곁에 있었다. 하루를 걸어도 닿지 않는 곳이 있는 거대한 공원에서 거대한 나무, 거대한 삶을 가로지르다 보면 그 거대한 순환 앞에서 많은 생각이 들 수밖에 없다. 그곳은 나무들의 도시였고 나무들의 무덤이었다.

검은 호수에 서서

포장도로와 비포장도로를 오가며 차가 달리는 두어 시
간 동안 창밖의 기후가 수시로 바뀌었다. 폭우와 맑은 하
늘은 영화 속 화면전환처럼 쉽게 변했다. 언덕 너머 탁
트인 수평선을 맞닥뜨리곤 바다에 도착했다고 생각했
다. 누군가 '볼타 호수'라고 말해줬다. 호수의 거대한 위
용과 검은 수색에 놀랐지만 가장 큰 인상은 수변에 몰린
사람들이었다. 동행한 안내인은 운이 좋은 거라고 했다.
볼타 호수에 흔치 않은 거대한 장이 열렸다. 호수 너머
에서 장을 서기 위해 일곱 시간 넘게 쪽배를 타고 온 사
람도 있었고 지프차 지붕을 타고 몇 날을 온 사람도 있
었다. 다양한 부족의, 서로 다른 언어를 쓰는 이들이 몰
려 있었다. 검은 호수가 출렁이고 검은 사람들이 술렁이
고 있었다. 내가 걷는 곳으로 사람들이 열리며 길이 만

들어졌다. 황인종을 처음 본 사람들이 많았다. 그들은 달려들어 내 귀와 코와 머리카락을 만지며 웃어댔다. 나 또한 「스타워즈」의 타투인 행성에 떨어진 이방인처럼 어리둥절했다.

수변을 걸으며 다양한 나룻배와 뗏목을 구경했다. 검은 땅과 검은 물이 있었지만 드넓은 해변과 다름없었다. 물은 깨끗하지 않았다. 기름 냄새가 코끝에 닿았다. 하지만 호수에 몸을 담그고 일을 하는 사람들이 많았다. 어느 여자가 기름이 떠 있는 호숫물로 무언가를 닦고 있었다. 천더미에 싸인 과일이라고 생각했다. 여자의 손에 매달린 그 무언가가 움직이는 것을 보았다. 가벼운 아이의 몸이 여자의 손에 들려 여기저기 흔들리고 있었다. 아이는 울고 있었다. 울던 아이는 물에서 들어 올려지자 울음을 멈췄다. 나는 그들에게 다가갔고 아이를 업은 여자는 나를 향해 웃었다. 카메라를 든 나는 프레임에 담기는 아이의 눈을 보면서 먼 여정의 즐거움을 느꼈다.

먼 장소, 먼 시간

나는 예전에 근대의 경성을 배경으로 짧은 콩트를 쓴 적이 있다. 현대의 한 남자가 누군가가 머리에 쓴 모자가 되어 1930년대의 경성 거리를 여행한다는 내용이다.

"지천에 똥이 널렸고 똥내와 마른 장작 태우는 메케한 냄새가 흙길을 메운다. 수레를 끄는 사람이 지나고 닭이 나무 위에 있고 검은 돼지가 어느 초가집 옆에서 똥을 누고 있었다. 냇가에 방망이로 빨래를 두드리는 아낙들이 있었다. 그는 큰길로 내려왔다. 큰길이라 해봐야 별거 없지만 내 예상으로는 나폴레옹 제과점 자리가 맞다. 그는 전차를 타고 초가와 논과 과수원의 가을녘을 지나 점점 사람들이 많아지는 곳으로 갔다. 갓 쓰고 도포 입은 사람들, 양장을 입은 남녀, 전차와 인력거와 다양한 수레와 가축들이 뒤엉킨 거리를 지났다. 여기서도 가축들은 아무 데서나 똥오줌을 싸댄다. 갓 쓴 노인도 똥 위에 가래를 퉤 뱉고 가던 길을 갔다. 거리에 누워 자는 걸인들도 여럿 보였다. 거지 행색의 아이 하나가 양장 입은 사람들만 쫓아 구걸을 한다."

문장들에는 대략 이러한 묘사가 있었다. 근대의 경성에 대한 상상은 인도 첸나이 시장 여행 중의 메모를 참조했다. 배설물과 쓰레기들이 넘치고 가축과 다양한 사람과 차들이 뒤엉켜 소란스럽던 남인도의 어느 동네 거리를 걸으며 기억 저편의 향수에 젖었고 공간을 표현해내는 여러 방법 중 하나의 아이디어를 얻었다. 그렇게 가장 먼 장소에서, 꽤나 먼 시간의 이미지를 찾기도 한다.

루모이의 언덕

마시케 행 기차를 탔다. 오타루에서 멀지 않은 해안으로 들어가는 노선이다. 삿포로에서 기차를 타고 다시 작은 단위의 기차역으로 가서 하루에 서너 번 있는 단량 기차로 갈아타고 한 칸짜리 기차로 몇십 분 고즈넉한 들판을 지나가면 '루모이'라는 곳이 나온다.

루모이는 한산한 항구 마을이다. 길게 지는 햇볕 사이로 넓고 높지 않은 반듯한 건물들이 있고 항구 도시 특유의 매캐한 기름과 가스 냄새가 거리를 메운다. 건물은 많고 빼곡했지만 인적이 드물어 한산하다. 사람을 지치게 하는 풍경도 어느 끝을 건드리다 보면, 그 낯선 모습에 매력을 느끼게 된다. 홋카이도에서 아이오와 어디 즈음을 떠올려본다. 물론 아이오와는 가본 적이 없다. 저 길을 돌면 언덕 끝에 매디슨 카운티의 다리가 있을 것만 같았다.

나는 조용히 휴일의 도시 같던 루모이의 언덕길을 묵묵히 올랐다. 가끔 파란 추리닝을 입은 운동부 아이들이 무리 지어 오래달리기를 하고 있었고, 해가 지자 도시의 색깔이 바뀌기 시작했다. 집들 사이의 좁은 언덕길 틈으로 석양이 진 바다가 보였다. 전혀 기대하지 않았던, 마주치리라 예상하지 못했던 공간. 언덕 밑 해안선 아래에서는 좀 전에 보았던 파란 추리닝 소년들이 여전히 달리고 있었다. 나는 기대하지 않은 풍경에 당황했다. 조용했고 좋은 바람이 불었고, 난 그 언덕에 가만히 서 있었다. 그 언덕이 가장 마음에 남고 그 바다를 사진으로 남겼지만 나는 다른 사진으로 루모이를 기억하는 것을 좋아한다. 언덕 너머의 바다를 기대하지 못했던 메마른 풍경과 내가 오를 기나긴 길이 담긴 사진을.

얄타를 함께 걷다

좋은 계절에 '얄타'라는 조용한 해안도시를 걸었다. 흑해
를 바라볼 수 있었고 옅은 바람은 외투 하나로 막아졌다.
도심은 차로를 넓히는 대신 가로수에 더 많은 구역을 주었
다. 가로수 아래 좁지만 보행하기 좋은 갈래 길들이 굽이굽
이 끊임없이 이어졌다. 도시에는 값비싼 외제차들도 있었
지만 다채로운 색상과 귀여운 모양새의 러시아 구형차가
더 눈에 띄었다. '쥐글리'라 불리는 다양한 생김새의 구형
자동차들은 어딘가 오래된 소련제 스냅 카메라를 생각나
게 한다. 카피한 브랜드이면서도 오리지널보다 더 쓸 만한
소련제 카메라들은 벼룩시장에서 구입해 가방에 넣어갈
수 있다. 하지만 귀여운 쥐글리 자동차는 그러지 못한다.
러시아 인근의 국가들에게는 지중해 못지않은 휴양도시
라지만 얄타는 놀거리가 풍부하지 않다. 군것질거리도

한정되어 있고 옛날식 유원지 분위기에 아직은 옛도시스럽다. 맥도날드가 생겼다가 별 재미를 보지 못하고 물러났다고 한다. 커피가 맛있는 카페도, 감각 있는 인테리어샵도, 와이파이도 없다. 하지만 여기도 변화의 바람이 불었다. 정치와 경제가 소용돌이치고 사람들은 아직 많은 돈을 벌진 못하지만 높은 꿈을 꾼다.

산책을 하다 얄타의 레닌 동상 아래 많은 사람들이 모여든 것을 봤다. 얄타를 아름답게 그린 그림들의 콘테스트가 한창이었다. 사회자는 연신 콘테스트에 관한 시상을 하고 있었고, 여러 입선작들에게 상을 줬다. 마침내 마지막 대상을 앞두고 있었다. 누군가 대상을 받았고, 믿기지 않게도 대상에 대한 경품은 아파트 한 채였다. 사람들은 환호했고 입상자는 그림을 들어 올렸다. 어느 건설사에서 주최한 콘테스트였다.

대부분의 사람들이 아직 적은 임금을 받지만 그렇게 쉽게 인생이 바뀔 수도 있다는 것을 눈앞에서 본다. 자본주의의 환상에 사람들은 들썩거린다.

나는 작은 시장을 지나 도시의 골목으로 들어가 본다. 집

들은 오래되었지만 정겹다. 다양한 가로수들이 낡은 건물들을 감싸고 있고 집집마다 포도덩굴들이 벽을 타고 있다. 그곳의 아이들이 있고 그곳의 노인들이 있었다.
해가 누웠고 바람은 제법 바닷바람 같아졌다. 여행객과 주민들은 해안가로 몰려나와 산책을 하고 술을 마셨다. 나이가 제법 든 밴드가 뽕기 넘치는 풍속 음악을 연주한다. 노인들이 몰려나와 흥이 오른 춤을 추고, 젊거나 나이 든 사람들이 그 춤을 보며 음악을 듣는다. 유원지에 불이 켜지고 정박한 보트들은 줄지어 넘실거린다.

나는 며칠간 얄타의 해안을 걷고 난 이후 내가 걸은 곳이 『개를 데리고 다니는 여인』의 그들이 산책했던 얄타임을 알았다. 안톤 체호프의 한 시기가 이곳에 있었고 그가 그려낸 구로프와 안나의 만남이 이 도시에서 벌어진 일임을 뒤늦게 알았다. 한 시절의 열정을 이 휴양도시에서 겪고 구로프는 모스크바로, 안나는 빼째르부르크로 떠났다. 하지만 그들은 얄타의 한 시기를 잊지 못하고 스산하고 오랜 사랑을 이어나간다.
체호프와 나는 다른 시기에 있지만 이곳이 그러한 사랑

을 그리기에 너무나도 좋은 공간이라는 것을 알 수 있었
다. 체호프의 소설 속 그와 그녀도 나와 같은 계절에 있
었을까?

나는 얄타에서의 그 며칠을 사실 한 소년과 함께했다. 그
는 열한 살에 삼촌과 함께 이곳 크림반도에 와서 청소년
기를 보냈다. 부모는 한국에 있고 어렸을 때 이곳에 왔기
때문에 그리운 친구가 한국에 있지는 않았다. 그의 친구
들 또한 그가 있는 도시를 떠났다. 사정은 있겠지만 자세
히 묻지는 않았다.
그의 집은 얄타에서도 한 시간 넘게 차를 타고 가야 있는
곳이다. 친구는 얄타에 있는 동안 나를 도와 통역과 가이
드를 해줬다. 그 덕에 얄타에서의 일을 잘 볼 수 있었고
좋은 산책을 많이 할 수 있었다. 우리는 별말 없이 걸었
고 때로는 많은 말을 하기도 했다. 흑해 너머에는 터키가
있지만 보이지 않는다. 그 앞에서 우리는 서로의 사진을
찍어주었다. 그 길을 말수 없는 그 소년과 걷다 보니 문
득 끝없는 외로움에 익숙해지고 그럭저럭 잘 견뎌낸 한
사람의 표정이 보였다. 좋은 계절에 있지만 머물지 않는

사람들의 산책 속에서, 머물고 있지만 가장 먼 곳까지도
갈 수 있는 그의 외로움이 멋질 수 있다는 생각을 했다.

미야지마섬에서의 하루

미야지마섬은 주말보다 평일이 좋을 듯하다. 히로시마
는 인천공항에서 한 시간 남짓, 미야지마섬은 히로시마
안에서 30분 남짓이면 넘어갈 수 있다. 이래저래 서울에
서 세 시간 안에 닿을 수 있는 일본의 섬이다. 나는 원폭
의 상처가 서려 있는 추모 공원 앞에서 작은 배를 타고
강을 따라 미야지마섬으로 향했다. 섬에는 작은 선착장
이 있는데 많은 관광객들로 제법 붐비는 모양새다. 섬과
육지 사이에 있으니 바다라고 해야겠지만 그곳은 강 사
이에 떠 있는 섬처럼 느껴졌다. 산에서 내려온 사슴들이
사람들 주변을 지나며 이목을 끈다. 수학여행 온 학생들
과 외국인들은 작게 난 해변길들을 채운다. 느낌으로만
말하자면 우도 정도의 크기에 교토의 정취와 남이섬의
조잡한 관광지가 더해진 듯하다. 좋은 계절을 택했다면

평일이어도 수학여행 온 듯한 어린 학생들을 피할 수 없다. 여러 관광 특산품을 파는 비좁은 거리와 다양한 료칸들 그리고 카페와 식당으로 이루어진 관광섬이다.

해질 무렵이면 많은 관광객들이 배를 타고 빠져나간다. 운 좋게 작은 료칸에서 하루 묵을 기회가 생긴 나는 빠져나가는 배들을 보았다. 선착장 방면 그 너머 도시의 불빛들에게서 멀지 않은 곳에 도시가 있는 것을 알지만 그래서 외딴 기분이 든다. 언덕을 타고 오르면 관광지가 아닌 사는 사람들의 거주지와 지붕이 보인다. 이곳에 머물고 삶을 쌓아 올리는 사람들의 지붕이다.

내가 섬에 머물렀던 날에는 해질 무렵부터 많지 않은 비가 내렸다. 관광객들을 위한 거리는 텅 비고 기념품을 파는 가게들은 문을 닫았다. 몇 개의 선술집에만 등이 달려 있고 마을 사람들과 료칸에 하루 묵어가는 손님들만 남는다. 취한 연인들이 술집에서 나와 숙소를 찾는다. 하루를 머물고 하루라는 시간 안에 갇혀 있는 사람들이 그다지 갈 데 없는 거리를 반복해서 걷는다. 누군가는 고급 료칸을, 누군가는 주머니 가벼운 여행객을 위한 작

은 료칸을 찾는다. 맥주 한 잔에 적당한 산책을 하고 주머니 가벼운 나를 위한 작은 료칸에 들어가 내가 머무는 섬과 그 너머의 바다와 그 너머의 도시를 보았다. 바람결에 어디선가 대나무 풍경이 노닥거리는 소리가 들렸고 길 끝에서 연인들의 웃음소리가 번지고 사그라졌다. 여행객을 가둬 놓은 섬은 비밀스럽다. 밤이 지나고 나는 작은 소란이 들리는 방 안에 누워 가로등 불빛이 스며든 천장을 보았다. 세 시간의 거리, 하지만 제법 먼 곳에 숨어들어 여행의 첫날을 맞이했다. 작은 섬, 작은 방에, 완전히 갇힌 채로.

느린 산책, 족자카르타에서

족자카르타 시내에 들어서자 곳곳에서 아는 냄새가 났다. 카자흐스탄의 어느 영화제에서 당시 영화학도였던 '이파'와 나와의 우정이 시작되었고 십몇 년여가 흘러 비로소 그의 고향에 왔다. 한국에 와서 처음 겨울을 나던 이파는 내가 입던 겨울 외투를 빌려 입었다. 외투 안에는 두꺼운 솜이 있었지만 더운 곳에서 온 그는 유난히 추위를 탔다. 그는 담배를 좋아했고 추위를 견디며 고향에서 가져온 담배를 물었다. 그가 담배를 태우면 낙엽 타는 냄새가 주위를 메웠다. 조용한 곳에 있을 때면 그의 담배에서 불씨가 타들어가는 소리도 들렸다. 고즈넉하게 모닥불 타는 소리가 나던 그의 담배는 없던 향수를 불러일으켰다. 그가 건네준 담배를 입에 물자 달짝지근한 초콜릿 맛이 입 안에 배었다. 그의 담배를 피우고 있으면 우리가

조용한 시골길을 걷는 환상이 들었다. 이파가 한국에 유학을 온 1년 동안 우리는 많은 시간을 보냈다.

인도네시아 족자에 도착하고 우기의 습한 기후가 몸에 달라붙어 당황스러웠지만 그리운 이파의 냄새가 도시 곳곳에 배어 있어 반가운 마음이 들었다. 10년이 지난 사이 이파와 나는 나이를 먹었고 이파는 결혼을 했고 딸 둘이 생겼다. 10여 년을 갈피 없이 헤매기만 했던 나와 다르게 이파는 많은 외적 성장을 이루었다. 가정을 가졌고 성공한 상업영화 몇 편이 생겼고 그 자본을 기반으로 영화제를 만들고 자신의 고향에 영화학교를 세웠다. 인도네시아의 상당수 영화 연출자들은 영화 공부를 타국에서 했다. 말레이시아나 싱가포르 등 인도네시아 주변국 또한 유학생 출신 연출자들이 많고 그 상당수는 런던 영화학교 출신이다. 영화 공부를 하기 위한 경제적인 문턱이 높아 보였다. 자국에 영화학교가 많지 않은 상황에서 이파는 수도가 아닌 도시에 영화학교를 세웠다. 그의 학교는 영화뿐만이 아니라 영어 교육도 같이 한다. 동남아시아는 수년 전부터 숲과 샤먼과 사회적인 트라우

마가 얽혀 힘 있는 영화들을 만들어내고 있다. 이파는 그러한 영화들을 프로듀싱하고 영화제를 통해 소개시키고 시네필을 만들고 누군가가 영화로 진입하는 문턱을 낮추고 있었다. 애국심. 점점 이질적이고 배타적이고 하나의 이기심으로 변질되는 애국심이라는 단어가 그를 보며 떠올랐다. 연민하는 마음. 그는 자기가 태어난 곳을 사랑하고 그들을 위한 학교를 짓고 교육을 하고 그들이 만날 수 없는 기회를 주는 일을 하고 있다. 스포트라이트보다는 희생이 필요한 자리에 섰고, 그가 태어나고 자란 도시에 있는 다른 이들이 보다 넓은 세계를 만날 수 있도록 교육자가 되었다. 외모에서 10년의 세월을 느끼지는 못했지만 그에게는 많은 변화가 있었고 지난한 싸움을 한 10년이었다. 그사이 그는 내가 그의 냄새로 기억하던 담배를 끊었다.

나는 이파가 나고 자란 도시 족자카르타의 조용한 골목들을 산책했다. 족자카르타는 자카르타와 같은 자바섬에 있고 이름이 비슷하지만 자카르타와는 자못 먼 거리에 위치한 도시다. 그 생김이나 분위기도 다르다. 족자

라고도 불리는 족자카르타는 아직 옛것들이 자리를 지
키고 있는 오랜 역사의 도시이자 골목의 도시다. 개발에
휩싸인 큰길들이 있지만 그 뒤편으로 느리게 변하는 거
리들이 있다. 높지 않은 건물, 낡은 집과 수로와 열대 과
일이 달린 가로수들, 아기자기한 노점들, 싸고 맛있는 길
거리 음식과 하릴없는 기다림에 익숙해진 인력거 인부
들과 인력거들이 그 거리에 놓여 있다. 사람의 두 다리에
의존하는 옛것부터 전동기가 달린 비교적 현대적인 인
력거까지 다양하다. 인력거들은 머지않아 자취를 감출
지 모르는 남아 있는 과거가 길에서 쉬며 느리고 늙은 숨
을 내쉬는 것처럼 그 자리에 있다.

우기가 한창이라 걷는 중에도 자주 비가 내렸다. 땀을 식
힐 적당한 비일 때도, 몇 시간 발길을 묶는 큰 비가 내릴
때도 있다. 덥고 느린 도시를 걸으며 이 거리를 무수히
걷고 보았을 친구를 생각했다. 지키고 싶은 것과 변화를
꿈꾸는 것들은 내 안에도 번민처럼 자리 잡혀 있다. 담배
를 물고 비 오는 거리를 보았다. 친근한 연기들 사이로
내가 있는 이 먼 곳의 낯선 골목들이 보였다.

얼굴

여행지에서는 수많은 얼굴을 본다. 서로의 눈길이 머물지 않는 한 나는 그들의 얼굴을 엿보게 된다. 나와 다른 생김새들. 하나의 민족 속에서 오랫동안 살았던 나는 아직도 여러 인종의 생김새가 신기하다. 다양한 인종에 문화에 따라 다른 헤어스타일과 옷차림을 하고 있어 그 생김새가 새롭게 느껴진다. 표정과 제스처들. 안경을 코끝에 올린 중년의 영국 여자. 카페에서 머플러를 두르며 일어나는 일본 여자. 겨울 코트를 입고 금발에 윤을 내고 머리를 붙인 깔끔한 인상의 프랑스 남자가 카페 바깥을 성큼성큼한 발걸음으로 지난다. 그 얼굴들은 여행지와 닮았다. 충분히 낯설다. 풍부한 표정과 제스처들. 스쳐 지나는 단역 같으면서 그 표정 안에서 캐릭터의 재미를 느낄 수 있다. 나는 거리를 걸으며 무수한 타인들의

얼굴에 눈이 간다. 그들의 표정은 낯설지만 때로는 내 기억 속 어딘가에 있던 표정들이다. 어디에 있든 어디로 가든 이야기를 만들고자 하는 욕구가 있는 나는 그들의 얼굴에서 좋은 자극을 얻는다. 사람이 넘쳐흐르는 도시의 귀퉁이에서 혼자 담배를 피우던 여자가 그 담배를 손에 든 채 사람들을 향해 노래를 불렀다. 어디선가 들어본 적 있는 타국의 민요를 부르는 그녀의 아름다운 목소리는 인파 넘치는 도시 사이에서도 살아남았다. 나는 뒤를 돌아 그녀를 보았고 잠시 눈이 마주친 그녀는 미소 지었다. 카페에 들어서니 눈이 가는 누군가가 있었다. 누군가는 턱을 괴고 연인 앞에서 그의 눈을 본다. 손끝은 티스푼을, 커피잔을 어루만지고 남자의 시계를 만진다. 또 누군가는 차이나타운의 벽에 기대어 하염없이 누군가를 기다렸다. 시계를 보고 쇼윈도에 비친 모습으로 자신의 옷매무새를 만졌다.

내 머릿속을 떠돌던 몇 가지 감정과 시선들은 지나던 얼굴과 만나고 그들의 표정으로 지어낸 내 상상들과 함께 하나의 이야기가 되기도 한다. 중년의 숙자는 안경을 코끝에 올리면서 은희를 쳐다보았고, 혜경은 종각역 출구 앞에 서서 담배를 피우다가 무슨 생각에서인지 노래를 부르기 시작한다. 그녀의 목소리는 아름답고 길을 가던 현오는 뒤를 돌아보았다. 낯선 얼굴 너머에서 성격을 잡고 사건의 동기와 인물의 배경을 얻을 수도 있고, 하나의 이야기를 만드는 행운을 얻을 수도 있다. 낯설지만 결국은 내가 알던 세계와 닮은 사람들에게서 나는 많은 힌트를 얻는다. 수많은 얼굴과 표정들을 지나며 나는 종종 그들에게 다른 이름을 붙이고 다른 인생을 만들어보고는 한다. 그렇게 가끔은 지하철 창에 비치는 동양의 여행객인 내 무미한 얼굴에도 이름과 이야기를 붙여볼 것이다.

153

두 번째 방문

어느 나라든 처음 여행을 하고 돌아오면 그 기억이 연해
지면서 변형하기 시작한다. 몇 가지의 메모와 아이폰에
남은 사진들이 여행의 기억을 지탱해주기는 하지만 지
명을 잊고 지형에 관한 공간감을 잊으면서 모호한 인상
으로 그 나라와 도시를 기억하게 된다. 나는 때로 기억
을 잡아 글을 쓰고 영화를 만들지만, 또한 기억을 흘려
보내는 편이기도 하다. 잊혀지면 잊혀지는 대로 남은 기
억이 만들어주는 형태로 도시에 대한 인상을 남겨 놓는
다. 어느 때는 그 기억이 흐릿해질 대로 흐릿해져 도무
지 내가 그곳을 다녀왔는지 하나의 인상조차 가지지 못
할 때가 있다. 나와는 아무 연결지점이 없는, 사진 몇 장
찍어본 타향이 된다.

하지만 혹 어느 정도의 시기를 지나 두 번째 방문의 기회가 생긴다면 기억들이 잠시 흩어졌을 뿐이지 그 자리에 있는 골목과 집들처럼 기억 또한 그곳에 있었던 것임을 알게 된다. 걸었던 골목을 지나며 흐려진 기억에 다시 초점이 맞고 잊혔던 밤거리를 지나다 무수한 기억의 등이 켜지는 것을 경험한다. 멋진 식당을 발견했지만 그 온화한 불빛 안의 식당이 남같이 느껴져 들어가지 못하고 서성거리기만 하다가 발길을 돌렸던 기억, 낡았지만 가을이 먼저 온 단풍나무가 보였던 전망 좋은 방, 혼자 앉아 쉬었던 벤치, 낯선 얼굴들 사이에서 나에게 말을 걸던 조금 알던 사람, 그와 걸었던 길고 느린 산책, 과일가게, 못생긴 배와 덩어리가 큰 오렌지, 길에서 먹던 굴과 샴페인, 그와 앉았던 벤치, 비를 피하기 위해 들어갔던 과자점과 달콤한 과자 냄새, 나에게 우산을 선물한 사람, 혼자 들어간 극장과 낯선 언어들, 공중전화기, 누르고 싶던 숫자들, 고스란히 남아 있는 기억들.

두 번째 방문. 기억하는 거리를 걷고 주저했던 식당에 들어가 음식을 시켜본다. 여전히 그 자리에 있을 기억들이

때로는 안도감으로, 때로는 서글픔으로 스며든다. 따뜻한 불빛 아래서 주문한 음식이 나오기를 기다리면서 창밖의 거리를 본다. 서성거리다 발길을 돌렸던 그 거리가 창밖에 있다.

다시

결으로

등장인물

매일 존재하지 않는 사람들과 싸우고 있다. 형체도 없고 목소리도 들리지 않는다. 여행 중에 만난 인상에서, 책과 영화 속 나를 지배한 감정들에게서, 음악을 듣다 잡아 올린 모티프에서 그들의 성격과 표정을 만들어내고, 그들이 만들어내는 사건 속에서 그들의 뚜렷한 형체를 얻고자 하지만 내가 집중하지 못하는 사이, 그들은 언제든 아무것도 아닌 존재들로 사라져간다. 미진한 능력의 창작자인 나는 매일 그들을 놓친다.

이야기를 어떻게 만드나요, 라는 물음에 나는 대답할 자격이 없다. 방법을 모르기 때문이다. 방법을 모르기에 매일매일 형체 없는 그들을 쫓으며 운이 닿기를 바란다. 증강현실 속 포켓몬스터보다 약간 더 잡기 힘든 존재들이

다. 하지만 포켓몬스터보다 약간은 더 말이 되는 존재이
기를 바란다.

그들을 잡기 위한 내가 아는 유일한 방법은 해당 앱을 항
상 켜 놓아야 한다는 것이다. 그 앱을 사람들은 보통 '강
박'이라고 부른다.

데이 포 나잇

영화 「데이 포 나잇(Day For Night)」에서 트뤼포는 감독을 연기한다. 트뤼포의 대사가 기억에 남는다. "영화는 실제의 삶보다 조화롭다."

영화의 제목이 된 '데이 포 나잇'은 영화만이 만들 수 있는 트릭의 한 종류이다. 밤 장면을 낮에 찍은 후 노출을 어둡게 표현해 밤처럼 속이는 촬영 방식을 말한다. 음화 필름이 양화되고 우리가 알아볼 수 있는 색을 지니게 되는 그 어딘가에서 영화는 환영을 얻게 된다. 실제를 감추는 환영의 속성을 지닌 채, 삶은 영화가 된다.

나는 몇 년을 머물며 약간의 근심으로 서성거리던 골목에서 영화를 찍게 되었다. 내가 산책하던 골목에 카메라를 두고 배우들을 보았다. 이 영화를 찍기까지 나는 사실 고

전하고 있었다. 한 편의 영화를 만드는 일, 그 시작점에 서기 위해 많은 노력을 했지만 좋은 흐름이 함께하지 않았다. 캐스팅이 어긋나고 투자자를 잃고 필요한 로케이션지를 얻지 못하고 세상의 모든 불운이 달려드는 듯 상황을 악화시켰다. 모든 것을 믿지 못했고 어느 때부터 행운을 믿지 않았다. 난 고단해 했다. 그중 한 가지 다행은 불운 속에서 나와 내 일에 끊임없는 의심이 들었다는 것이다. 낭만에 취할 수 없고 끝없는 질문과 대안을 찾아야 했다. 어느 순간 덜컹거리는 기계 속에서 태엽이 돌기 시작했다. 불운의 조각들이 서로 이가 맞으며 기계를 다시 움직였다. 어긋난 캐스팅은 좋은 인연을 만들어주고 불운 속에서 우정과 사람을 찾았고 필요한 로케이션지가 돌아왔다. 애초에 모든 것이 필요한 자리를 기다리고 있었다는 듯이 준비하던 작업 속으로 걸어 들어왔다. 내가 원하는 거리에 원하는 사람들이 들어와 원하는 햇살 아래에서 이야기를 만들어주고 좋은 사람들이 땀을 흘려줬다. 내가 산책하던 길 위에서 영화를 찍었고, 하나의 끝에서 다른 인연을 꿈꾸는 긍정이 돌아왔음에, 행운을 다시 믿게 된 것에 안도했다.

동네에서 찍은 영화

영화「최악의 하루」는 단 하루라는 시간 동안 두 개의 공간에서 벌어지는 사건을 담았다. 경복궁 등지의 골목길과 남산 산책로가 주요 배경지로 나온다. 배우들은 단 그 두 장소에서만 등장하며 사건들을 만나게 된다. 하지만 나의 공간들은 생동감이 비껴간 곳들이다. 바쁜 도시와 다른 흐름이 존재하는 공간들, 한낮의 시간에는 아이와 노인뿐인 주택가 골목과, 사색과 산책을 위한 숲 사이에 난 길들 위에서 이야기가 만들어졌다. 그 안에서 등장인물들은 난처한 상황에 처한다. 치졸하고 이기적이고 솔직하지 못한 연애담이 펼쳐지고 허구 속에서 갈피를 잡으려는 소설가가 자신이 만든 등장인물과 닮은 이를 만난다.

조깅과 경보와 느린 산책이 이어지는 곳, 시력을 잃은 많은 시각장애인들이 숲을 느끼기 위해 가장 많이 찾는 곳, 계절의 변화가 가장 먼저 찾아 오고 휴식을 위해서만 존재하는 길고 긴 남산길. 도시를 가장 쉽게 떠날 수 있는 도시의 곁에 카메라를 놓았다. 그리고 내 영화의 중요한 로케이션지 남산 산책로를 아름답게 찍기 위해 노력했다. 다른 나라에서 온 여행객의 낯선 시선으로, 때로는 미화된 프레임으로, 익숙한 듯 익숙하지 않게 공간들의 모습을 재구성해보려 했다. 관객들의 눈에 일상적인 길이 아름다움을 지나 비일상적인 도시의 틈으로 변화할 수 있기를, 그 길들이 결국에 낭만성을 가지기를 바랐다.

영화는 때로 실제의 공간에 가상의 역사를 만들어준다. 나 또한 '분주한 도시의 곁에서 조용히 흐르는 이 길들에 또 하나의 의미를 만들어낼 수 있을까?'를 고민했다. 길 위에서 영화를 만든다는 것은 도시의 새로운 설계자가 된 듯 만들어진 기억으로 길의 인상을 덧대어 보는 일이다. 이미 우리 옆에 있었던 아름다움을 사람들이 새롭게 발견할 수 있기를, 그 장소에서 배우들이 걷고 연기하는 그 순간에 가졌던 바람이다.

기회

앞서 말한 바와 같이 몇 년째 동네 스타벅스에서 오전을
시작했다. 노트북을 펼치고 계획하고 정리하고 아이디
어를 메모하고 글을 쓴다. 혼자 점심을 먹고 걷고 메모
하고 책을 보고 메모하고 아이디어를 모은다. 또 어딘가
앉을 만한 곳을 찾아 노트북을 펼친다. 매일 하나 이상의
시도와 실패가 있다. 내 안에서의 시도와, 실패 혹은 선
택되지 않았거나 거절당했거나 떨어졌다는 외부에서 오
는 실패의 소식들을 듣는다. 내가 노력에 들이는 시간은
내 이야기를 쓰게 하지만 그만큼 내 앞에 놓인 벽들의 높
이도 자란다. 내가 미처 따라가지 못한 변화와 내가 모를
편견과 발치에 놓인 현실을 먹으며 벽들이 자란다. 매일
은 큰 변화가 없는 듯하지만 거울 너머 흰머리를 보이게
하는 시간이 흐른다. 그런 시간이 지나고 힘겹게 내가 손

에 넣고 품에 넣을 수 있는 것은 성공이나 성과로 불리는 것들은 되지 못한다. 수많은 실패의 무덤들을 지나 기회를 하나 얻는 것이다. 내 이야기를 만들 기회, 또는 보여줄 기회를 귀하게 얻고는 그 기회를 품에 안고 잠이 든다. 다음 날 눈을 떠도 그 기회가 남아 있기를, 그 기회로 하나의 시도를 할 수 있기를 원하면서.

또 앞서 말한 바와 같이 나는 작은 작업실을 가지게 되었다. 출간할 책을 마무리하는 이 시점에도 나는 작은 작업실에서 원고를 마감하고 있다. 책을 출간할 무렵에도 아마 난 이 작업실을 쓰고 있을 것이다. 몇 년 후는 아직 모르겠다. 이곳이 좋은 추억이 되길 바랄 뿐이다.

적은 달세를 주는, 무려 도시가스도 들어오지 않는 공간이지만 나는 만족한다. 취향에 따라, 이 글과 더불어 있는 작업실 사진에서 왜 만족하고 왜 자랑하고 싶은지 알 수도 있겠지만 사람들이 몰라줘도 하는 수 없다.

나는 전망에 목을 매는 편이다. 눈을 둘 먼 곳이 있기를 바란다. 내가 눈을 두는 곳에는 쉴 새 없는 많은 일들이 조용히 벌어진다. 까치가 둥지를 치고 이름 모를 다양한 새들이 모여들고 자기들끼리 공중에서 놀고 싸우고 지붕 위에서 고양이가 기지개를 펴고 저기 낡은 집 지붕 너머로 빨래를 널고 있는 여자가 보이고 좁은 비탈길에 염화칼슘을 뿌리는 환경미화원이 보이는 창밖 전망은 꽤나 만족스럽다. 내가 앉은 자리, 창문 너머의 세상은 언뜻 평화롭지만 조금만 더 자세히 지켜보자면 살아 있는 것들의 치열함이 드러난다. 전날 밤의 혹한을 견딘 고양이들이 지붕 위 볕에 잠시 쉬고, 둥지를 튼 까치들과 둥지 안 새끼를 노리는 까마귀들의 실랑이는 가슴을 졸이게 한다. 서울의 몇 군데 남지 않은 달동네는 어스름한 시각 불빛이 켜지는 것으로 인적이 있는 집임을 알게 한다. 눈앞의 마을을 감싸는 인왕산 줄기만이 오랜 시간 변하지 않았다. 조금 더 머무르길 바라지만, 흘러만 가는 많은 풍경이 창문이라는 프레임으로 담기고 나 또한 프레임 안 세상을 만들기 위해 이 자리에 앉아 아쉬운 시간 사이에서 고전해야 한다. 나쁜 운이 아니라면 이곳에 앉아 네 개의 계절을 두루 볼 것이다. 좋은 여행은 희망 사항이다. 출항은 준비됐다. 고여든 물 위에 떠서 닻을 올리는 기분으로.

데이 포 나잇,
이 골목에서 만들어진
몇 가지 이야기들

마주보다

그는 전망이 좋은 곳에서 태어났다. 도시를 내려다
보고 자랐다. 도시의 전망을 아래에 두고 사는 것
은 부자들만이 아니다. 부자들이 높이 살듯 가난한
사람들도 거주지를 높은 곳에 만든다. 그는 마을버
스조차 오르기 쉽지 않은 곳, 가난한 촌락에서 자
랐다. 얼기설기 지어진 판잣집들이 있고 방에 누워
잠을 청하는 밤이면 이웃집 숨결이 벽 너머로 들린
다. 그는 성장의 시기, 숱한 아픔이 찾아올 때마다
그 동네의 가장 높은 곳을 찾았다. 슬레이트 지붕
너머, 포근한 도시의 불빛을 감상했다. 어느 밤, 취
한 아버지가 어머니의 뺨을 때렸을 때, 그는 다시
높은 곳을 찾았다. 야산 철조망에 매달려 가난한
지붕들 너머 도시의 불빛들을 보았다. 가로등 불
빛이 비추는 어느 자리, 그가 도시라고 믿는 가장
가까운 부근에 양복 입은 남자가 홀로 서서 담배
를 태우는 것이 보였다. 그저 사람의 형태뿐이었음

에도 서로가 전망을 즐기는 중임을 알 수 있었다.

그는 학교를 졸업하고 그 동네를 벗어났다. 불빛
속으로 달려들어 스스로의 궤도를 바꾸고자 노력
했다. 여러 번의 시도가 있었고 약간의 성공과 그
보다 더 많은 실패가 있었다. 그는 자연스레 나이
가 들었다.

그는 어느 날 택시를 타고 남산 소월길을 오르다
중간에 내렸다. 누구나 그러한 때가 있듯, 그가 만
들어가는 궤도가 뒤틀리는 시기였다. 그는 여전히
전망을 즐기는 습관이 있었고 차에서 내린 그의 눈
앞에 해질녘의 전망이 있었다. 그는 멀게 주택가를
마주보고 있었다. 낮은 이내 밤으로 바뀌었다. 빛
이 있던 자리에 어둠이 차고 다시 작은 빛들이 하
나둘 눈을 뜨는 시간이었다. 멀리 보이는 불빛들은
마치 스스로만을 비추는 것 같았다. 하지만 그 빛
들은 무언가를 비추고 있고 비추는 범위는 저마다
다르다. 어떤 빛은 강하고 어떤 빛은 화려하다. 또
어떤 빛들은 웅크리고 있었다. 그는 눈으로 작은

범위의 빛들을 좇았다. 가난한 집들에 눈이 머물렀고, 이미 재개발이 되어 사라진 그의 옛 공간을 떠올렸다. 저 멀리 가로등이 하나 더 켜졌고 그 불빛 너머에 그와 마찬가지로 전망을 즐기는 사람이 보였다. 아직 성년이 아닌 작은 몸이었다. 소년은 언덕 너머 비탈을 따라 둘러쳐 있는 철조망에 기대어 서서 조용히 그가 있는 쪽을 바라보는 듯했다. 그는 전망의 한 귀퉁이, 작은 불빛에 감싸인 소년을 바라보며 담배를 태웠다. 낡은 양복 바지에 재가 들러붙었다.

#

약 속

우리가 그곳에서 첫 번째 약속을 잡은 날은 비가
오고 있었습니다. 3월이었지만 조금 쌀쌀한 날이
었습니다. 창가의 좋은 자리로 안내 받았고 반듯한
의자에 앉아 비 오는 거리를 보고 있었습니다. 물
이 담긴 조그만 유리잔이 테이블 위에 올려지더군
요. 따뜻한 물 한 잔에 겨울이 지나는 것 같았습니
다. 메뉴는 당신이 오고 난 후 정하겠다고 했어요.
창 너머를 보다가 창에 비친 나를 발견했습니다.
옅은 반사에도 옷의 화려한 무늬는 드러났습니다.
다행히 얼굴을 비추지는 않았지만 오랜만에 입은
화려한 원피스가 부끄러워졌습니다. 물잔 위에 머
무르며 천천히 기화되는 작은 안개를 내려다보다
가 문득 제가 앉아 있는 곳을 둘러보았지요. 제 앞
에는 커다란 책장이 있었습니다. 바와 테이블과 의
자와 책장이 같은 빛깔과 반듯한 모양새로 저마다
의 위치에 있었습니다. 그리고 바 테이블 위 길쭉

한 유리병 안에 이른 봄꽃이 놓여 있었습니다. 주
방 너머로 요리사들은 분주했고 올리브 오일의 달
콤한 냄새들이 식당 안을 메웠습니다. 잠시 후 우
산과 외투를 털어대며 여러 무리의 사람들이 들어
왔습니다. 양복 입은 한 떼의 남자들이 가장 큰 테
이블을 차지했고 뒤따라 점잖은 노인 커플과 젊은
커플이 들어왔어요. 사람들은 저마다 즐겁게 이야
기를 나누었지만 소란스럽지는 않았습니다.

아쉽게도 당신은 오지 않았어요. 하지만 당신이 많
이 미안할 거라는 것을 알기 때문에, 또 이렇게 좋
은 식당, 좋은 자리에 예약을 해둔 배려를 알았기
때문에 밉지만은 않았어요. 대신 가장 좋은 테이블
에 한 시간 넘게 앉아 있었고 식사를 하지 않았다
는 게 일하시는 분들께 미안했습니다. 그래도 서빙
을 해주는 아가씨는 끝까지 상냥했어요. 짙은 그
레이색 에이프릴을 맨 아가씨가 유리잔에 세 번째
로 물을 채워줄 때, 일행이 오지 않았다고 이야기
한 뒤 자리를 빠져나왔습니다. 제가 나갈 때는 날
이 개어 있었기 때문에 가지고 온 우산을 잊고 챙

겨가지 못했습니다.

두 번째 그곳을 찾은 날에는 봄이 이미 거기에 있
었습니다. 벚꽃은 만개했고 목련은 절정을 지난 때
였습니다. 거리의 꽃집에 보기 좋은 허브들이 진열
되어 있었습니다. 꽃집에 먼저 들러 몇 가지 화초
들 구경을 했어요. 이번에는 내가 약속시간을 약
간 늦출 생각이었어요. 식당에 들어서자 벌써 그곳
의 냄새가 익숙하다는 생각을 했습니다. 손끝에 남
아 있던 바질의 향기가, 식당 안에도 이미 머물고
있더군요. 당신은 오지 않았어요. 저는 그전과 같
은 자리에 앉아 있었습니다. 물잔이 두 번 채워졌
고 상냥했던 아가씨는 세 번째 잔 대신 화이트 와
인을 주었습니다. 저는 가볍게 사양했지만 아가씨
의 미소에 두 번째 사양은 결례라는 생각을 했습
니다. 와인으로 목을 축이고 자리에 앉은 사람들을
보았습니다. 저마다 봄을 즐기고 있었습니다. 봄옷
을 입은 아가씨들이 있었고 파스타를 들이마시는
튼튼한 남자들도 있었습니다. 굉장히 잘생긴 유럽

남자 둘이 파스타를 먹고 있기도 했습니다. 고백하자면 당신에 대한 야속한 마음에 몇 번 눈길을 주었습니다. 시간은 어찌나 빨리 가는지, 전 그 자리에 오래 머물 수 없었습니다. 무던하고 상냥한 그 아가씨에게 머리를 조아릴 수밖에 없었어요. 와인 한 잔 가격을 내고 싶었지만 한사코 거절하더군요. 친절에 감사했지만 다시 나와야 했습니다.

봄은 지나고 있었습니다. 5월이 되고 골목마다 향기가 가득했으니 완연한 봄이라 할까요. 저는 세 번째로 효자동을 찾았습니다. 이번에는 해가 지고 난 후였지요. 그리고 다른 손님들에게 좋은 자리를 양보할 수밖에 없었어요. 바에 앉아 조용히 당신을 기다렸습니다. 물론 당신이 오지 않으리라는 것은 잘 알고 있었습니다. 예약자 이름은 당신이었지만 예약은 제가 했으니까요. 조용히 앉아 바 테이블 위에 놓인 꽃병을 보았습니다. 꽃병에 국화 한 다발이 놓여 있었습니다.
당신은 여기를 몇 번 이야기했어요. 항상 같이 오

고 싶어했지요. 당신이 예약을 잡아 놓은 날 나는 약속을 지키지 못했어요. 저는 사실 당신이 청혼할까 봐 겁이 났었거든요.

며칠이 지나고 당신은 짧은 투병을 했습니다. 처음에는 단지 눈이 안 좋다고 했는데 염증이 곧 머릿속으로 들어갔다고 했었지요. 갑작스런 입원에 놀라 병원으로 달려갔을 때 당신은 큰 몸을 침대 위에 뉘인 채 생글생글 웃으며 너스레를 떨었어요. 나이 먹고 연애하자니 염치없는 일만 생긴다며 큰소리로 웃었습니다. 당신 옆에 있어주고 싶었지만 장성한 당신 자제분들 눈치에 슬며시 자리를 비울 수밖에 없었어요. 집으로 돌아와 하루 종일 비오는 창밖을 내다봤어요. 다음 날 당신의 임종 소식을 들었습니다. 그리고 다음 날 저는 당신의 영정 사진에 국화 한 송이를 놓았습니다.

저는 조용히 앉아 테이블 위의 사람들을 보았어요. 일과의 마지막을 천천히 즐기고 있는 사람들이요. 그리고 메뉴판을 펼쳐 보았습니다. 저는 식사를 하기로 결심했습니다. 파스타를 하나 시켰고 전에 마신 와인 한 잔을 시켰어요. 곧 와인과 식전빵이 나왔습니다. 부드러운 빵에 페스토를 적셔서 화이트 와인과 같이 먹었습니다. 부드러운 인상의 여주인이 단아한 회색 접시에 샐러드를 내왔습니다. 저는 샐러드를 아주 맛있게 먹었습니다. 치커리와 적상추 등이 담백한 드레싱에 적셔 나왔습니다. 적당히 달콤했고 작은 견과류 조각들이 샐러드 사이에서 기분 좋게 씹혔습니다. 당신의 취향과 거리가 먼 고상한 곳이라는 생각을 했습니다. 당신 같은 단골은 어울리지 않는 곳이에요. 혹시 여사장님의 부드러운 분위기 때문은 아니었는지 묻고 싶네요. 그릇이 비워지자 본식이 나오더군요. 초록으로 버무려진 루꼴라 파스타였습니다. 루꼴라와 페스토가 면을 초록색으로 물들이고 있었습니다. 5월의 기운과 맞아 있더군요. 온갖 초록색의 것들이 가장 좋은 향기를 머금고 있는 때요. 따뜻한 면이 혀끝에 닿을 때도 향기는 계속되었습니다. 저는 당신에게 높은 점수를 주고 싶어요. 이곳에서의 청혼은 그리 나쁜 작전은 아니셨던 듯합니다.

우리는 부부가 아니었지만 당신은 내가 밥을 혼자
먹게 하지 않았어요. 먹성 좋은 당신 덕에 우리의
연애는 먹는 즐거움으로 채워졌습니다. 이곳에서
의 식사는 당신이 돌아가시고 나서 나의 첫 외식
이었습니다. 비록 우리가 같은 테이블에 앉아서 먹
지는 못한 곳이고, 어려운 각오로 세 번을 찾아서
야 처음 식사를 한 식당이지만 하나의 계절이 지나
기 전 저는 당신 없는 외식을 이곳에서 할 수 있었
어요. 자주 와볼 생각입니다. 그럴 수 있을 것 같아
요. 어느 때는 혼자일 테고 어느 때는 친구와 함께
또 어느 때는 당신이 질투할 만한 사람일 수도 있
겠죠. 당신이 소개해준 곳이니 가급적 남자는 삼가
도록 노력해보겠습니다.
음식을 다 먹으니 송구스럽게 제가 마지막 손님이
되었습니다. 나이가 민폐인지 송구할 날이 끝이 없
는 것 같아요. 그날은 난데없는 비도 내리고 있었
습니다. 하지만 큰 걱정은 하지 마세요. 나가기 전

주인이 저에게 조용히 말을 걸었거든요. 지난번에
두고 간 우산이 여기 있다고요. 놓치고 간 것들이
때로는, 가장 필요한 순간에 돌아오는가 봅니다.
저는 반가운 우산을 펼쳤고 그해 한 계절의 마지막
을 걸었습니다.

#

하와이 카레

출근길, 그녀는 외대역 승강장에 들어서자마자 멈
춰진 전철을 보았다. 전동차는 출발하지 않았고 사
람들도 전동차에 타지 않고 웅성거렸다. 사람들 사
이 문 열린 객차 안이 슬쩍 보였는데 가장 먼저 보
인 것은 바닥에 누운 어느 남자의 양복바지와 구두
였다. 사람들은 남자를 둘러싸고 있었다. 역무원이
달려와 누워 있는 남자의 의식을 확인했다. 오십대
중반가량의 남자가 희미한 눈으로 천장을 응시한
채 입을 뻐끔거리고 있었다. 역무원은 남자의 혁대
를 풀어주었지만 남자는 숨 쉬는 것을 힘들어 했
다. 의식을 잡지 못하는 불안정한 남자의 눈동자가
보였다. 그녀는 남자의 눈에서 생이 미끄러지는 것
을 보는 기분이 들었다. 이내 구급대원들의 들것이
왔고 의식을 잃어가는 남자는 수많은 사람들의 시
선을 벗어났다. 그녀는 전동차 문 앞에서 잠깐 망
설였지만 객차 안으로 들어서는 사람들의 흐름 속

에 전철을 탔다. 그녀는 방금 그 남자가 누워 있던 자리에 섰다. 객차 안의 모든 이들이 방금 전의 일을 기억했다. 그녀는 흔들리는 전철 안에서 손잡이를 잡았다. 잠시 후 회기역에 전철이 섰고 많은 사람이 내렸고 많은 사람이 탔다. 전철 안으로 새로 들어온 사람들은 그녀가 있던 자리에 무슨 일이 있었는지 전혀 알지 못할 것이다. 전동차는 다시 움직이기 시작했고 지상에서 지하로 들어갔다. 그녀는 어둠 속 창 너머로 스스로의 모습을 보았다. 구역질을 하듯 슬픔이 쏟아졌다. 그녀는 출근길 내내 눈물을 흘렸다.

그녀의 회사는 세종문화회관 뒤편에 있었다. 증권회사를 다니다 리서치 회사로 이직한 것이 벌써 3년째다. 그녀는 입사한 해 같은 회사 대리를 좋아했다. 대리 또한 그녀에게 잘했다. 하지만 아쉽게도 대리는 처가 있었다. 대리는 얼마 전 과장으로 진급했다. 그리고 그녀는 얼마 전 과장이 된 그 남자와 잠자리를 가졌다. 피곤한 연애임을 알았고 마

음이 복잡해졌다. 둘은 종종 동료들의 눈을 피해
점심을 먹었다. 남자는 카카오톡으로 여자에게 무
엇을 먹고 싶냐고 물었다.

　　─기분 좋아지는 음식이요.

점심시간, 직장인들이 거리로 쏟아져 내렸고, 여자
는 동료들이 향하는 시내 방향과 다른 쪽으로 향
했다. 경복궁역 횡단보도 앞에 섰을 때, 과장도 옆
에 있었다. 인파들 속에 거리를 둔 채 별말 없이 거
리를 보고 있었다. 폭염으로 달궈진 도로를 허우적
거리며 넘어섰다. 횡단보도를 지나서야 남자는 여
자의 곁에 붙었다. 번화가를 벗어나자 둘은 안도
의 마음이 들었다. 남자는 길을 걸으며 주변의 식
당을 살폈고 여자는 땀으로 번들거리는 남자의 옆
얼굴을 보았다.

둘은 카레집에 들렀다. 카레집은 작았지만 산뜻한
붉은색으로 채워져 있었고 활기 넘치는 음악이 있

었다. 그들은 창쪽 테이블에 붙어 앉았고 카레집 창으로 사람들이 지나는 동네 골목과 작은 가게들을 보았다. 해는 뜨겁고 사람들은 여전히 느렸다.

—카레가 좀…… 기분 좋아지는 음식 아닌가?

둘은 카레라이스를 시켰고 기다리면서 몇 가지 대화를 했다. 휴가로 자리를 비운 동료들의 이야기를 하다가 여자는 자연스레 남자의 휴가 계획이 궁금했다. 아무래도 가족과 함께할 터이지만.
한 무리의 젊은 여자들이 웃으며 가게 안으로 들어왔다. 뒤따라 중년의 남자 한 명이 들어왔지만 가게 안의 모든 자리들은 이미 채워졌다. 남자는 가게 앞에 줄세워진 작은 대기석에 앉았다. 대기석은 카레집의 전면창과 붙어 있어, 그들이 앉은자리 바로 앞에 있는 셈이었다. 남자는 유리창 너머 폭염의 세계에 있었다. 유리에 등을 기대고 쉬고 있는 남자의 뒷모습이 보였다. 목덜미로 땀이 흘렀다. 전철 안에 쓰러져 있던 남자의 희뿌연 눈빛이 떠올랐다.

여자는 스스럼없이 남자에게 여러 이야기를 했지
만 오전에 그녀가 보았던 일들을 이야기하지는 않
았다. 점심은 즐겁고 맛있게 먹고 싶었기 때문이
다.
카레향이 코끝을 스쳤다. 작은 테이블에서 저마다
즐겁게 식사를 했고 그들의 자리에도 카레가 나
왔다. 진홍색의 번들거리는 나무 식탁 위에 카레
가 보기 좋게 담긴 접시가 나왔다. 카레와 밥이 있
었고 밥 위에 동그란 폭을 유지하고 납작하게 잘
린 파인애플과 작은 달걀 프라이가 얹어져 있었다.
둘은 먹는 방법을 고민했다. 여자는 숟가락의 무
딘 날로 파인애플을 잘랐다. 작은 조각에 프라이
의 노른자를 바르고 카레를 적신 밥을 모아 입 안
에 넣었다. 매콤한 카레밥과 함께 아싹하니 파인
애플이 씹혔다. 남자는 웃으며 그녀가 먹는 방식
을 따라했다.
'알로하'.

냅킨에 하와이 인사가 쓰여 있었다. 하와이 사람들이 실제로 카레를 즐기는지 궁금했다. 카레가 기분 좋은 음식이듯 그곳은 기분 좋은 날씨만 이어질 것 같았다. 막연한 휴가 계획을 떠올렸다. 비치 보이스의 음악이 흘러나왔다. 자리가 하나 비워지고 가게 바깥에서 대기하던 중년의 남자가 가게 안으로 들어왔다. 그들의 테이블을 흘깃 보더니 그 또한 카레라이스를 시켰다.

그녀는 식당에서 나와 나지막이 혼잣말로 인사를 했다. 알로하. 그녀의 가족들에게. 그의 가족들에게. 휴가를 떠나는 모든 가족들에게. 모두 알로하. 오전에 보았던 그 남자, 입을 뻐끔거리며, 수많은 이들에 둘러싸여 수치심 속에서 생과 사 사이에 놓여 있던 그 남자에게도. 알. 로. 하.

여자와 남자는 폭염의 횡단보도에 다시 섰다. 횡단보도를 건너면서 그들의 거리는 50센티 정도 더 멀어졌다. 그들은 횡단보도의 끝에 다다랐고 서로의

얼굴을 마주했다. 그들은 서로 다른 루트를 이용해
자신의 회사로 돌아가야 한다. 여자는 남자를 향해
웃으며 인사했다. 남자가 들을 수 있도록.

　—알로하.

#

一日

그에게 그럭저럭 혼자 취할 수 있는 술집이 있다는
것은 다행이었다. 어느 날 벚꽃나무 가로수가 줄지
어 있는 누하동의 조용한 길을 걸었고 그 길 가운
데 2층에 위치한, 길쭉한 전면창 너머 간판 없는 술
집 내부를 올려다 보았다. 어두운 조도 아래 불분
명한 형체의 사람들이 보였는데 누군가 트럼펫을
불고 있었다. 관객인 듯 손님인 듯 연주자의 연주
를 듣는 사람들이 보였다. 창밖에 서서 담배를 물
고 창을 올려다보았다. 감출 데 없는 공간이었지만
그처럼 그 길을 흐르는 사람들이 들어가기에 비밀
스러워 보이는 곳이기도 했다. 그는 가만히 서서
연주자와 관객들을 보았다. 담배 끝이 필터에 닿았
고 앞서 마신 술의 취기가 뒤늦게 올랐다. 그는 용
기가 생겼다. 낯선 술집의 문을 열었고 대여섯 명
의 관객들 사이에 들어가 눈앞에서 트럼펫 연주자
의 연주를 즐겼다.

이후에 그는 종종 그 술집을 찾았다. 술집은 '一日'이라는 이름이 있었고 검은 철문 옆에 간결한 폰트의 작은 간판이 붙어 있었다. 그가 다음에 들렀을 때는 연주자도 관객도 없었다. 대신 몇 명의 손님들이 있었다. 그곳은 항상 재즈 넘버가 흘렀고 들쑥날쑥하게 오가는 손님들 탓에 잠시 사이 소란과 정적이 반복됐다. 그는 거리를 내려다볼 수 있는 바 테이블을 좋아했다. 창가에 앉아 거리에 시선을 두고 위스키 한두 잔을 마셨다.

두어 주에 한 번씩 들르게 되면서 어떤 단골들이 있는지도 알게 되었다. 늦은 시간이면 우르르 들어오는 프랑스 남자 일행들이 있었고 그처럼 혼자 술을 마시는 영화감독도 있었다. 그 바를 들르고 머지않아 젊은 사장과 간단한 안부를 묻게도 되었다. 그와 사장은 그럭저럭 친했는데, 그가 앉아 있으면 사장이 옆에 앉아 간단히 동네 정세를 이야기해주고는 했다. 길 건너 국숫집 주인이 건물주랑 어떻게 싸워 가게를 내놓게 됐는지, 길고양이가 어미를 언제 잃었는지, 피자 배달 하는 친구 행동거지가 어떤지, 누하동 어느 건물 아들이 무슨 사고를 쳤는지 등등. 그는 거리를 내려다보고 지나는 사람들을 보는 것을 좋아했다. 주인에게 들어 사연을 아는 사람들도 생겼고 그냥 스쳐 지나는 사람들도 있었다.

비 내리는 어느 날도 그는 당연한 듯 술집을 찾았다. 손님이 없었고 마일즈 데이비스의 음악이 흘렀다. 얼음과 제임슨 위스키를 잔에 담았다. 익숙한 스코어가 지나고 막 비가 개인 시원한 여름길을 내려다볼 때 골목 끝에서 한 여자가 바를 올려다보는 것을 보았다. 그가 처음 담배를 물고 술집을 올려다보았던 그 자리였다. 맵시 있게 달라붙은 진을 입고 젖은 머리를 들어올리며 창쪽으로 고개를 돌렸다. 그는 그녀가 마치 자신을 보고 있는 것 같은 착시에 빠졌다. 그녀 또한 담배를 물었고 담배가 태워지자 그의 시야에서 사라졌다. 잠시 후 계단을 오르는 발걸음 소리가 들렸고 문이 열렸고 여자가 나타났다. 여자는 그의 옆에 앉아 김렛을 시켰다. 그렇게 그와 그녀는 같은 길을 내려다보았다. 창밖 풍경으로 집으로 돌아가는 사람들이 보였고 마을버스가 지나갔다. 잠시 후 그들 아래 한적한 길 사이로 취한 세 사람이 지났다. 휘청이며 걷는 두 남자와 그 뒤를 조용히 따르는 한 여자가 있었다. 그들 사이에 표정들이 좋지 않았다. 더벅머리에 키가 작고 커다란 가방을 멘 한 남자의 얼굴이 유독 일그러져 있었다. 그들의 무거운 공기는 그들을 계속 관찰하게 했다. 셋은 금세 거리에서 사라졌고 한참 빈 거리만 남아 있다가 다시 여자가 나타났다. 여자는 가로수 그림자 안에 가만히 서서 몸을 움츠렸다. 10분 정도 지났을까. 일행 중의 한 남자가 돌아왔다. 일그러진 얼굴의 더벅머리 남자만 보이지 않았다. 둘은 무표정하게 서로의 얼굴을 보더니 돌아온 길의 반대편으로 걸어갔다. 여름의 젖은 길을 느릿하게 걸었다. 그들의 뒷모습이 사라지고 나서 그 옆에 있던 여자가 쓸쓸한 삼각관계에 웃음을 터트렸다. 그와 그녀는 서로 같은 비밀을 본 듯 머쓱한 미소를 나눴다. 그들은 계속해서 거

리를 보았다. 새끼고양이가 종종걸음으로 거리를
건넜고 쓰레기차가 지나갔다. 신문을 가득 실은 트
럭이 서고 남자들 몇 명이 배달소에서 나와 부지런
히 신문 뭉치를 옮겼다. 잔을 비운 여자는 일어났
고 그는 그녀에게 말을 걸지 못했다. 다시 혼자 남
은 바에서 그는 두 번째 잔으로 그녀가 시켰던 김
렛을 시켰다. 라임 섞인 달고 독한 술이 혀끝에 닿
았다. 잔을 넘기기 전 창 너머로 다시 비가 내리는
것을 보았다. 그는 우산을 들고 자리에서 일어났
다. 계산을 하고 좁은 계단을 통해 술집에서 내려
와 거리를 걸었다. 자정이 넘은 거리에 인적은 없
었다. 그는 철물소 간판 아래에서 발길을 멈췄다.
처마 밑에서 비를 피해 담배를 피우던 여자가 웃었
다. 그는 그녀에게 다가가 자신도 김렛을 한 잔 마
셨다고 이야기해줬다.

그녀는 그의 우산 안으로 들어왔다. 그는 잠시 사
이 거리를 둘러싼 건물들을 올려다보았다. 거리에
는 아무도 보이지 않았지만 무수히 많은 검은 창들
이 있었다. 그와 그녀는 그 검은 눈들을 우산으로

가리고 함께 거리를 걷기 시작했다.

광화문에서

비밀의 자리들은 사라졌다. 좁은 골목을 두고 다양한 개성으로 행인들을 유인하던 많은 술집들과 밥집들은 어느 빌딩 지하로 숨거나 없어졌다. 그가 광화문 대로에 있는 외국계 언론사에 입사한 것이 벌써 17년 남짓, 밀레니엄과 붉은 악마로 채워지던 광화문도 보았고, 가이바시와 시사모를 굽던 피맛골의 꼬치집들이 추억 속으로 사라진 것도 보았다. 칼을 찬 장군상이 자리를 옮겼고 대로 사이 공원이 생겼고 몇 개의 빌딩이 새로 생겼다. 하지만 그가 생각하기에, 광화문의 모습은 한결같았다. 억울함에 몰려드는 군중들로 넘실거리는 거리를 꾸준히 봐왔고 그 또한 점심시간이면 정장 입은 수많은 군중들에 떠밀려 밥집을 찾았다. 북악산은 변화가 없었고 오래된 빌딩들도 그대로였다. 쉽게 바뀔 수 없는 랜드마크들과 자신과 같이 한 치의 오차 없이 움직이는 톱니 인생들로 채워진 광화문은 변화가 없는 곳 같기도 했다.

상대적으로 그는 변했다. 변하지 않는 땅 위에 서면 그곳에 진 기분이 들었다. 긴 시간 동안 월급이 근근이 오른 대신, 커다란 위 수술이 있었고 살집이 불었다. 그가 입사했던 이십대 중반의 젊음은 자리를 내어줬다. 흰머리가 늘었고 눈의 흰자에는 핏줄이 채워졌고 피부는 수분과 탄력을 잃었다. 그곳에서 작동하는 기계 부속으로는 수명이 아직 많이 남아 있지만 언젠가 끝이 있음을 고민하게 되었다.

그가 주로 회사에서 하는 일은 금융정보를 제공하는 것이다. 그는 주로 과거에 능통했다. 그는 머릿속으로 수많은 경제지표의 그래프를 그려내는 것이 가능했다. 그가 눈을 감으면 지난 시절의 모든 변화가 눈앞에 펼쳐졌다. 하지만 그는 미래를 예측하는 일에 둔했다. 그는 예측에 대한 말을 아꼈지만 어쩔 수 없이 불확실한 전망에 대한 예측안을 내놓아야 할 때, 백전백패의 예언을 뱉어냈다.

그는 아직 가정을 갖지 못했다. 동료들은 그의 건강보다는 그가 둥지를 트지 않은 것을 염려했다. 그는 사실 가정을 갖지 못한 것에 시름하지 않았지만 주변의 염려 때문에 스트레스를 받았다. 그는 사람 만나는 것에 재주가 없고 누군가와 첫 대면하는 것에 많은 긴장을 했기 때문에 주위에서 누군가를 소개시켜 주는 것도 좋아하지 않았다. 예의상 몇 번의 주선을 견뎌내듯 만났지만 십몇 년간 손가락으로 꼽을 만큼 드물다.

그는 어느 평일 저녁 처음 만나는 여자와 함께 예의 있는 저녁식사를 했다. 모든 대화가 예의라는 가죽을 뚫지 못했고 헛헛한 기분에 감싸인 둘은 세종로의 뒷길에서 헤어졌다. 그는 지하철역으로 가기 위해 작은 골목을 지났는데, 불어오는 바람 사이 남아 있던 겨울이 그의 몸으로 들러붙었다. 몸을 움츠리며 길에서 나오자 새로 지은 검은 빌딩이 그의 앞에 솟아 있었다.

―차장님!

외투 깃을 올리고 말간 젊음이 다가왔다. J는 그의
회사에 입사해서 3년 정도 근무하다가 1년 전 이
맘때 회사를 떠났다. 말간 젊음은 미소를 지었다.

―오랜만에 광화문에 들렀더니 역시 반가운 분
을 만나네요.

J는 그에게 술 한잔을 청했다. 그리고 그와 함께 검
은 빌딩 안으로 들어갔다. 새로 지은 호텔의 위용
있는 로비 라운지를 지나 계단을 찾았다. 계단을
타고 내려갈 때 J는 주위를 두리번거렸다.

―여기 한잔 하기 좋은 데가 있다고 들었거든
요. 저도 처음 와봐서⋯⋯

한 무리의 사람들이 웅성거리며 그들 옆을 스쳐갔
다. 대리석 벽이 열리고 사람들이 들어갔다. 둘은

그들이 들어간 쪽으로 향했다. 간판도 없고 문의 생김새도 없는 출구가 열렸고 그들은 호텔의 바로 들어섰다. 낮은 조도의 고급 바 안, 생긴 지 얼마 안 된 술집의 어색한 활기가 있었다. 그들은 바 테이블로 안내 받았다.

　—요즘 종종 밀주시대 미국 어딘가가 생각나는 위스키 바가 생겨나요. 여기도 그런 분위기인 듯해요. 죄 짓는 건 아닌데 몰래 훔쳐먹는 기분이 들게 하는.
　—그래. 새롭네.

바텐더들은 분주했다. 단단한 얼음을 잔에 담고 리큐르들을 섞고 손님들과 대화하며, 한 치의 오차도 없이, 바쁜 움직임이 흘러갔다. 눈앞의 말간 젊음처럼, 바텐더들 또한 새로 생긴 톱니인 듯 빈틈없이 움직였다. 겨울 코트를 입은 손님들이 줄지어 들어왔고 바에 앉거나 안락한 소파로 숨어들었다.

젊은 여자들이 화려한 칵테일을 시켰다. 그는 느리
고 어색하게 칵테일을 골랐다.

그는 올드 패션을, J는 맨하탄을 시켰다.

 —차장님은 그래도 멋을 아시네요. 소주, 맥주,
임페리얼 외의 취향이 있으신 거잖아요.
 —혼자 노는 게 익숙해지다 보면 칵테일 하나
둘 정도는 좋아하게 되어 있어.

직장은? 만나는 여자는? 그는 J에게 하나 마나 한
물음을 던졌다. J는 금융사에 들어갔고 연애는 없
다고 했다. 옆테이블의 여자들이 J에게 눈길을 주
었다. J는 눈길을 부드럽게 받고 가느다란 손으로
빈 잔을 어루만지다 체리를 입 안에 넣었다.

 —여긴 좀…… 비밀스럽군.
 —네, 차장님. 체리가 정말 맛있어요.

J는 체리를 오물거렸다.

　　─차장님도 비밀스러운 분이잖아요.
　　─그런가. 그래도 이렇게 화려한 느낌은 아니
지……
　　─은밀하고 신사다우시죠. 제가 차장님 비밀은
하나 알지만요.
　　─뭔가, 비밀이?
　　─알기까지 오래 걸렸는데, 자신은 없어요.

J는 미소 지었다. 그는 뒤늦게 J의 손끝 하나가 자
신의 손목에 닿아 있는 것을 느꼈다. 그가 J의 눈
길을 피하지 않을 때까지는 시간이 조금 걸렸다.

홍차가게

그녀는 책을 읽고 있었다. 누군가를 기다릴 수도,
혼자만의 시간을 보내는 것일 수도 있다. 텅스텐
스탠드 조명 아래에서 테이블 위에 차와 케이크를
둔 채 책장을 넘겼다.

그녀는 그에게 종종 어린 시절 이야기를 했다. 버
스 정류장에서 집으로 돌아가는 골목에 과일을 파
는 리어카 노점이 있었다고 했다. 매일같이 버스
정류장에서 퇴근하는 아버지를 기다렸고, 아버지
의 어깨 위로 목마를 탄 채 집으로 돌아가는 길에,
주렁주렁 매달린 백열등 아래 과일들을 비추는 노
란 빛을 좋아했다고 했다.

반듯한 나무 창틀 너머 따뜻한 불빛 아래 그녀가
있었다. 그의 기억보다 머리가 조금 짧아졌고 조금
더 여성적인 스웨터를 입는 여자가 되었다. 먼 거
리였지만 손등에 여린 상처가 보였다. 사실 보이지

211

는 않았겠지만 그의 눈은 그녀의 손등에 놓인 흉터
를 기억하고 있었다.

그는 그녀와 자신의 집 지붕에 오른 적이 있었다.
그녀는 그의 집 지붕을 궁금해했다. 그녀는 모험가
였고 둘은 지붕에 올랐다. 가을의 서늘한 바람을
맞으며 조용히 새벽 거리를 보았다. 자전거를 타
고 지나는 소년이 있었고 커튼 너머 혼자서 설거
지를 하는 남자도 보았다. 그와 그녀는 아직 불빛
이 있는 수많은 창문 너머를 엿보았고 비밀스러운
감정을 느꼈다.

그는 그때처럼 창문 너머의 그녀를 엿보고 있다.
담배 한 대를 핑계로 귀찮은 술자리에서 잠깐 빠져
나왔을 때 그는 골목 끝 카페 안에 홀로 있는 그녀
와 재회했다. 그와 그녀는 골목을 두고 어느 정도
의 거리에 있었지만 그는 그녀의 찻잔에 무엇이 담
겼는지 알 수 있었다.

그녀는 홍차를 좋아했다. 그녀와 처음 만났을 때,
그녀는 홍차를 시켰다. 그는 가만히 앉아 물고기
모양의 인퓨저에서 연기가 피어나듯 차 색이 번지

는 것을 보았다. 그때 그의 마음 어디에선가도 같은 작용이 있었고 그녀와 만나 차 색이 번지는 그 시간들을 즐겼다.

그는 담배를 물고 어둠 속으로 숨었다. 그녀가 고개를 들었기 때문이었다. 그녀는 한 손으로 책갈피를 쥐고 턱에 괸 손을 풀어 찻잔을 들었다. 그녀의 입술은 찻잔에 오래 머물렀다. 그녀는 찻잔을 홀짝거리는 법이 없다. 항상 잔을 조용히 입에 대고 차가 천천히 입 안으로 흘러 들어가게 했다.

그녀는 우유를 타는 법도 설탕을 타는 법도 없었다. 찻잎만으로 우린 순수한 차를 좋아했다. 그가 그녀에게 홍차의 즐거움을 물었을 때 그녀는 홍차의 붉은 빛깔을 좋아한다고 했다. 그녀는 또한 맛과 빛깔을 내는 잠시 사이의 시간을 좋아했다. 설익고 익고 물러지는 과일의 시간처럼, 홍차 또한 맛이 옅고, 진하고, 떫어지는 시간이 있다고 했다. 그들에게도 익었고 진했던 시간이 있었지만 견고했던 그들의 시간 또한 흘렀다. 그는 여전히 꿈속에서 그녀와 지붕에 올랐지만 그 꿈속에서 그녀의 얼굴은 점점 지워졌다. 기억 속의 그녀는 점점 저 너머의 거리로 물러나 있었다. 어둠 속에 숨은 그와 나무 창틀에 가려진 그녀 또한 꿈속의 관계와 다를 바가 없다. 그는 심지가 다 타버린 꽁초를 한 손에 쥔 채 호주머니에 손을 찔러넣었다. 그는 고개를 돌려 귀찮은 술자리에 합류했다.

그녀는 책장을 넘기다 문득 창 너머를 보았다. 추위에 몸을 웅크린 남자가 골목 끝으로 사라졌다. 창쪽으로 가까이 내민 손등이 시려웠다. 골목을 휘도는 바람에 나무 창틀이 들썩거렸다. 그녀는 찻잔을 들었다. 처음 마셔보는 밀크티였지만 맛이 나쁘지 않았다. 몸은 이내 따뜻해졌다. 추위에 발걸음이 바빠진 사람들의 종종걸음을 보며 그녀는 겨울 풍경을 엿보는 기분이 들었다.

골목 바이 골목

초판 1쇄 인쇄	2017년 4월 3일
초판 1쇄 발행	2017년 4월 10일

글·사진	김종관
펴낸이	정상준
편집	이민정 김민채 황유정
디자인	김기연
관리	김정숙

펴낸곳	그책
출판등록	2008년 7월 2일 제322-22008-000143호
주소	서울시 마포구 동교로13길 34 (04003)
전화번호	02-333-3705
팩스	02-333-3745
페이스북	facebook.com/thatbook.kr
인스타그램	instagram.com/that_book

ISBN 979-11-87928-14-0 03810

그책 은 (주)오픈하우스의 문학·예술 브랜드입니다.

* 이 도서의 국립중앙도서관 출판시도서목록(CIP)은 서지정보유통지원시스템 홈페이지(http://seoji.nl.go.kr)와 국가자료공동목록시스템 (http://www.nl.go.kr/kolisnet)에서 이용하실 수 있습니다. (CIP제어번호: CIP2017006505)